新时代诗库·第二辑

大道蔚蓝

高鹏程 著

中国作协定点深入生活项目

宁波市文艺创作重点项目

中国言实出版社

图书在版编目(CIP)数据

大道蔚蓝 / 高鹏程著 . —— 北京 : 中国言实出版社，
2023.6
ISBN 978-7-5171-4518-9

Ⅰ . ①大… Ⅱ . ①高… Ⅲ . ①诗集 – 中国 – 当代
Ⅳ . ①I227

中国国家版本馆 CIP 数据核字（2023）第 113591 号

大道蔚蓝

责任编辑：郭江妮　许小雪
责任校对：邱　耿

出版发行：中国言实出版社
　　　　　地　　址：北京市朝阳区北苑路180号加利大厦5号楼105室
　　　　　邮　　编：100101
　　　　　编辑部：北京市海淀区花园路6号院B座6层
　　　　　邮　　编：100088
　　　　　电　　话：010-64924853（总编室）　010-64924716（发行部）
　　　　　网　　址：www.zgyscbs.cn　电子邮箱：zgyscbs@263.net

经　　销：新华书店
印　　刷：北京中科印刷有限公司
版　　次：2024年1月第1版　2024年1月第1次印刷
规　　格：880毫米×1230毫米　1/32　8.5印张
字　　数：135千字

定　　价：58.00元
书　　号：ISBN 978-7-5171-4518-9

《新时代诗库》编委会

高鹏程，1974年生，中国作协会员，一级作家。著有诗集9部、随笔集1部。在《诗刊》、《人民文学》、《中国作家》、《十月》、《钟山》、《花城》、《天涯》、《作家》、《新华文摘》等刊物发表300余万字文学作品。个人曾获浙江青年文学之星，作品获浙江省优秀文学作品奖、人民文学新人奖、国际华文诗歌奖、李杜诗歌奖、徐志摩诗歌奖、诗刊社"百年路·新征程"诗歌工程创作奖、储吉旺文学奖大奖等多种奖项。

Gao Pengcheng, born in 1974, is a member of China Writers Association，an ace author. Famous works include 9 Poetry Collections and 1 Note Collection.He has published nearly 3 million words on "The Poetry", "People's Literature", "China Writers", "The October", "Zhongshan Mountain", "The Flower City", "The Skyline", "The Writer", "Xinhua Collection", etc. He has been awarded "Zhejiang Teenage Star of Literature", "Zhejiang Literature Work of Excellence", "Renmin Literature Award for New stars", "International Chinese Poetry Award", "The Li Bai & Du Fu Poetry Award", "Xu Zhimo Poetry Award", "'The Poetry' 'Hundred Year Road, New Journey' Award", "Chu Jiwang Literature Award", etc.

目　录

CONTENTS

第四辑：海外篇

第五辑：人物篇

第六辑：风物篇

第七辑：经行篇

开卷诗：国家的童年

人类有童年，国家也是

古早时，隔着茫茫大野、汪洋，一个个闭关小国

安于自己巴掌大的疆域

寂寞时，就睁开眼睛四处张望

后来，两只骆驼，就替两个国家

相互碰了碰嘴唇

再后来，就有两只船，互相碰了碰船舷

多么缓慢啊

它们就像是两只蜗牛，伸出触角

小心翼翼地触碰一下又迅速收回

多么美好啊，两个位于蜗角上的国家

就这样相遇

互相试探，仿佛两个害羞的人，仿佛初恋

充满好奇，敏感又忐忑

那时候，人们用丝绸代替神赐的荣耀

用瓷器盛装情谊

用一粒胡椒或者一片树叶，交换彼此的口味

那时候

枪炮、野心和杀戮都尚未发生

第一辑
明州篇

跨湖桥遗址：远古之恋

这是最后的时刻，亲爱的
沧海已经涨起
用不了多久它就会
没过我们的头顶

亲爱的，请允许我最后一次向你倾诉
三十年河东河西，三百年江左江右
我漆藤为弓，灼木为舟
而你持甑为饭
用一轮水平踞织机，编织我们朴素的光阴

亲爱的，现在，让我们去水深之处安眠
一路隐去尘世的痕迹。
那条古老的河流，将流过我们紧紧相拥的骨殖

8000 年后，沧海退去
一条载过我们的独木舟将重新浮出水面

后世的人，将用一枚出土的骨针

缝接我们的传说

从一只陶制的茶罐，发现我们相濡以沫的秘密

而那条古老的大江依旧会将我们的脚踝

轻轻掰动

而我们的爱情已化为水面上的粼粼波光……

注：跨湖桥遗址，位于萧山湘湖内，因古湘湖的上、下湘湖
泉之间有一座跨湖桥而命名。有大量陶器、骨器、木器、石器，
以及人工栽培水稻等文物出土，其中距今约 8000 年的独木舟及
相关遗迹，为目前国内外发现的最早实物，证实今湘湖一带曾被
海水淹没，而生活在此处的远古人类，已经具有制造独木舟和初
步的航海能力。

雕花木桨

滩涂如史册，暴露在亚热带剧烈的阳光下
海水退去
密密匝匝的苇草
露出了根部的真相

更多的，仍旧埋在更深的淤泥之下
当大海持续退却
饭稻羹鱼的生活
逐渐被面朝黄土替代
干涸的滩涂，替时间守住了更多的秘密

若干年后，一次偶然的挖掘
一柄精致的雕花木桨
撬开了泥土的沉默之唇……

一柄雕花木桨，一半斜插在淤泥之中
保持着划水的姿势

另一半，消失在浩渺时间

一同消失的，还有一支远古潮烟里的船队

一抹更加辽远、诱人的蔚蓝……

注：雕花木桨，1979年浙江余姚河姆渡出土，残长62.4厘米，宽10.8厘米，厚2.1厘米。制作于新石器时代，距今约7000年。雕花木桨证实在7000多年前，宁波的先民已经能够涉海而行。

羽人竞渡

时间的画笔比达利和马蒂斯更加魔幻

它借助一把金属的斧钺

让两千多年前的一叶孤筏

完成了对时光的劈波斩浪

这后现代的、极简主义的美学大师

将倾力打造的舟楫，简化成一条弧线

将行走过的水路，简化成了波纹

而扛过无数风浪的身躯，简化成了两笔划桨的符号

只有头顶的羽冠，被刻画得异样华美

仿佛引领他们的旗幡，还在猎猎作响

他们从哪里来？他们要划向何方？

"今夕何夕，搴舟中流"

我想起神秘的《越绝书》和深情的"越人歌"

想起三千执甲的越国士卒

想起那个性情乖戾

又忍辱负重的君王

想起爱情、征战、杀伐……

想起后来潮水一样的楚人漫过之后，流离失所的越人

一次又一次漫长的迁徙

他们的舟楫，划过了一片又一片陌生的海域

最终消失在烟波浩渺之处

只有那些华美的羽冠，旌旗般猎猎作响

在多年以后

借助一把斧钺劈开的光，闪现孤筏远洋的勇气

注：羽人竞渡纹铜钺，国家一级文物。1976 年于浙江鄞县云龙镇甲村石秃山出土。器身一侧素面无纹，另一侧铸有边框，框内上方为龙纹，双龙昂首相向，前肢弯曲，尾向内卷。下部以弧形边框线为舟，上坐四人成一排，皆头戴羽冠，双手持桨作奋力划船状，羽冠的羽毛似乎迎风飘扬。这件羽人竞渡纹铜钺，是宁波海上丝绸之路的标志性文物。

宁波

最早是三条江在此交汇

孕育了一座东方大港最初的胚胎

慢慢地，它们承载的历史的荣光

开始沿着海上丝绸之路向大海以外延伸

仿佛它不断变化的名字

这座城市的命运始终在水中晃动

那些来自海上的波浪逐渐逼近它的角落里

一座古老的藏书楼

一艘海上来的船

带来了一座教堂和一座海关

一百多年前的烟尘终于散

终于这座城市像它现在的名字

获得了暂时的安宁

一座教堂和一所海关

与一座古老的书院达成了一种微妙的平衡

接下来的若干年

它的十字尖顶流下的钟声以及

从窗外传来的汽笛

逐渐替代那些线状墨格里古老的河床

完成了对一座城市的浇灌

但这也是过去的事情

一座教堂，它哥特式的华美穹顶

毁于最近一次的大火

如同百年前的那片大潮

溅湿了木质书库里发黄的书页

而一座中西合璧的海关

于最近得到了全面的整修

对于教堂的损毁，我愿意做这样的表述：

它只是在提醒我们

对于用旧的事物，有必要经过一次火的洗礼

然后在废墟上把坍塌的信仰重建一次

而一座崭新的海关则意味着

一座经过百年风华的城市

已经拥有了吐故纳新的蔚蓝胸襟

庆安会馆

首先它是一艘船，泊在时光的深海
有着宝顺号的外形和南北号的雄心
沿着海岸
把漕粮运到王朝的中心

其次它是一个码头
它把近代中国斑驳、简陋的岸线打造成
一座世界级的大型码头
把小宁波运送到大上海
把一个旧时代，运送到 21 世纪的海岸线上

它终归是一所建筑
从前是驿站和会馆
现在，是一座博物馆
作为一座建筑，它的奇特之处在于：
既能安放妈祖的灵位，也能收留远洋的愿望

时间过去了百年。宝顺轮已消失不见

南北号也各奔东西

从它上面走出的水手

已经去了更广阔的蓝海

去经略深蓝的目标

在观看他们留下的痕迹时

我相信上最远的漂流

最终都将归来

在它里面一间小小的展橱里

安放下一生的波浪

注：庆安会馆，中国八大天后宫和七大会馆之一，也是江南现存唯一融天后宫与会馆于一体的古建筑群，位于浙江省宁波市区三江口东岸，为甬埠行驶北洋的舶商所建，始建于清道光三十年（1850 年），落成于咸丰三年（1853 年），既是祭祀天后妈祖的殿堂，也是舶商航工娱乐聚会的场所。2001 年 6 月，庆安会馆作为清代古建筑，被国务院公布为第五批全国重点文物保护单位，现改建为全国首家海事民俗博物馆。

老外滩·三江口

它在一百年前开埠。一个艰难生产的婴儿
啼哭，伴随着来自海上的炮火

三条江在此汇合，分别叫做姚江、奉化江和甬江
它们流经一座古老书院和一座教堂
我愿意叫它们信江、望江和爱江

一百多年了
最初的屈辱早已随着江水流逝
如今，它的江面倒映着盛世的繁华

但我愿意相信
它的淤泥深处
依旧埋藏着历史：等同于我们生活的全部重量

我愿意相信：
只要坚持流淌，只要不拒绝接纳和融合
眼泪的下游也会是大海

天一阁

高阁紧闭，书库沉默
架子上的灰尘，比书页更厚

据说，灰尘下的墨迹里
藏着比烛光更亮的东西
但也有我们未曾发现的黑

依旧在下雨
雨滴，据说来自古老的易经爻辞
也来自一个年轻女子的泪腺

作为一个参观者，我并未读到其中的任何一本
我没有黄梨洲幸运
也不比钱秀芸更加不幸

时至今日，所谓善本的标准
将被重新定义

雨在落

时间的霉变也从未终结

一个年轻的生命比发黄的纸页更加脆薄

但架子上的书，依旧保持着无辜的沉默

终于，它包裹在旧钟里的昏睡被光线和涛声唤醒

一滴来自海上的浪花打湿了它书库的一角

一只发黄书页中的蠹虫

化成了一只蛾子

飞向古老馆阁旁的新柳，

在涛声停歇的间隙，兀自震动新生的翅翼

注：钱绣云，范钦儿媳，为读天一阁藏书而嫁入范家，但终生无缘登楼。

港口博物馆

桅帆不见，龙骨朽腐
曾经在海水中荡开的涟漪
已经被置换成了船木中最深的木纹

时间如同淤泥很多事物，只有成为遗迹
或者遗物之后
它的意义再开始闪现——

一叶薄薄的金箔上，依稀还有波浪的起伏
依旧在承担
历史的某种颠簸

当丝绸在海面上铺展
昨日的荣耀，如晚霞般绚烂而又迅速消逝——
多年后出水的瓷器，依旧闪耀着往昔
珍贵的秘色

远航结束了，而作为远航的愿望还在
依旧有人从被风浪和礁石磨损过的地方
听到了水深之处的召唤

如风如塞壬的歌声
鼓动着又一艘船，向着未知的水域
去重复古老的冒险

永丰库遗址

它的前世是南宋的常平仓，贮存着运河尽头的漕粮
它的后世是明朝的宏济库
时间的罚没款已所剩无几
它的今生：乌有的粮仓喂养着一段长方形的空白

在空荡荡的遗址里，徘徊良久
感到自己也成了弃儿
周围的一切似乎已经与我无关
身外的遗址和胸口内的荒凉完成了置换

此刻天色渐暗
黑色沥青路面同样被置换成了时间的秤杆
闪烁的霓虹，仿佛刻在上面的戥星
暮色、车流，人影纷纷滑落

只有永丰库遗址门口的一枚秤砣
兀自岿然不动

它不负责称量失重的生活

它仅仅，对时间里走失的那一段空白负责

注：永丰库遗址，2002年度全国十大考古新发现之一，位于宁波鼓楼附近。兴建于元代，是我国首次发现的古代地方城市大型仓库遗址，也是江南首次发现的大规模元朝遗址。据史料记载，永丰库的前生便是南宋"常平仓"，就是官府用来藏米粮的仓库。明朝把平准、永丰二库并为一库，改名为"宏济库"。

上林湖访越窑遗址

时间煮雨

（一句歌词到了这里，才不至于显得轻佻）

窑火已经熄灭

一抹秘色，已重新化作千峰上的翠绿

时间已经盖棺定论

一面湖水成为封条

低于零度的燃烧

冰凉，无声

我来到这里，已经是很多年以后的事

在我到来之前，江山已不知破碎了多少次

坐在湖边

坐在满地的碎片之间，我意识到

曾经的完整，都是残缺

而满湖碎片，正是那失而复得的完整

注：上林湖，在浙江慈溪，有越窑遗址，是我国青瓷的发源地和主要产区之一。

在达蓬山谈论徐福

据说这里也是徐福东渡的出口
这句话可信，也可不信
徐福从哪里出海并不重要，重要的是彼岸的存在
重要的是抵达

一个人可以是自己的舟船，也可以是自己的彼岸
他在自己内部漂泊
重要的是，当你退身、上岸
你要擦去唇角的浪花
胸口的风暴和腹内的水路、痕迹

你要让月迷津渡，让如期而至的潮水淹没来路
让暗礁撞毁你的船只
因为你的码头只是你的
包括你的船、你的道路、你的彼岸
并不适合他人
这是起码的道理，也是起码的道德

但是你要借助潮音的轰鸣

借助一场海市蜃楼、一个扑朔迷离的传说来证明

远方是存在的

你要让那些在此岸受苦的人相信

这世上的确有可以抵达的彼岸

而不能像那个唐朝诗人说：

海客谈瀛洲，烟涛微茫信难求

我想，这是一个方士的道德，也应该是一个诗人的义务

注：达蓬山，在慈溪龙山，传为徐福渡海出发地。

印象：高桥之维

一个弹丸之地。有关木头、石头、粮食和爱情
一些易朽和不朽的事物
但事实上，它们都是时光的博物馆
有关我们生活
和逝去的纪念

我去过它们中的几个
印象最深的是两座桥：老桥、新桥
但其实它们都很老了
桥上，是布满雾霾的
二十一世纪的天空
桥下，依旧是一千多年前的流水
它带来的瓷器和丝绸
曾经在异域闪耀

时值冬日桥墩下，一株枯草从石缝里钻出
很显然，它还在努力，为下一个春天积攒足够的绿

一个年轻的女人在浣衣。衣着古典，但眼神
同样很二十一世纪了

有一列轻轨隆隆驶过
架在空中的道路，与古老的石桥、桥下的运河
恰好构成了
一个并不相交的十字道口

——它属于另一种维度，它将带我们去的
也许是，一个更好的未来

注：高桥，位于宁波海曙，跨浙东运河宁波段。

在灵山顶再次眺望姚江

一列时光中的液体火车
（当然，对它的比喻还可以有更多的喻体）

最通俗的，也许是
最恰当的：母亲
一江舜水，哺育了两岸七千年的时光

时间和空间在它的源头交汇，带来了上游
一粒稻种
和一片桑树叶子

如今，它哺育的两岸荣光已再次
沿着海上丝路向大海以外延伸

在灵山之顶再次眺望姚江
依旧是一个华衣素服的母亲
宽大的衣襟：一边是山寺、乡野、村庄、正在灌浆的稻田

一边，是正在崛起的都市新城

而此刻，出现在辽阔江面上的那艘船

正来回穿梭

像一枚针，缝合着衣襟上百年沧桑带来的裂隙

浙东运河

我在一座古镇的桥头俯瞰过它
水体污浊，漂浮着各种生活垃圾
因为几道碶门的缘故，它几乎不再流动

曾几何时，它的河道车水马龙
来自浙东的盐米、漕粮，江西和湖南的瓷器
在它尾部的庆元港转为海运
沉重的船身把吃水线压得很低

与别处的河段不同，它接通的
不是内部的血脉
而是通往外部的海道
来自高丽、扶桑和安南的贡品
一度成为达官显贵们的生活不可或缺之物

作为重要的水驿，它欸乃的橹声，也晃动着
无数游子的乡愁

通过通济桥的一段水路曾见证了梁祝爱情的跋涉

一切都已化作逝水一去不返
月湖边的水则测度过它的几次浮沉，如今它几乎失去了
全部的航运功能
一截历史的盲肠

当我趴在桥头眺望，它穿过密集的街巷
"成为倒影和漩涡的收集者"
拐弯处，一枚瓷器的碎片，依稀反射出
一个逝去时代的激滟光波

注：浙东运河又名杭甬运河，西起杭州市滨江区西兴街道，跨曹娥江，经过绍兴市，东至宁波市甬江入海口，全长239公里。运河最初开凿的部分为位于绍兴市境内的山阴故水道，始建于春秋时期。西晋时，会稽内史贺循主持开挖西兴运河，此后与曹娥江以东运河形成西起钱塘江东到东海的完整运河。南宋建都临安，浙东运河成为当时重要的航运河道。元代至清代，浙东运河重要性有所下降，但仍然保持畅通。直到近代，在新式交通方式的冲击下，运河作用逐渐被取代。2008年11月，作为京杭大运河的延伸段和大运河与海上丝绸之路联通的通道，浙东运河被列入中国大运河申遗项目，申报世界文化遗产。2013年5月，浙东运河被纳入第七批全国重点文物保护单位，成为大运河项目的一部分。

引号内为诗人胡弦诗句。

甬江入海

谈不上有多壮观，更算不上什么奇迹

江面并没有更宽阔，水声

也没有更大

两岸的大米草，依旧密集，彼此抢夺着地盘

一只滑动的水鸟，轻易地

就穿过了江海的界限

我去过它的源头我到过它奉化江和姚江的上游

在中游，我见过老外滩的灯红酒绿

三江汇流时的泥沙与漩涡

我知道疲惫是怎么回事，颠簸是怎么回事

抵抗污染和诱惑又是怎么回事

保持初心，矢志不渝，继续向前跋涉

是怎么回事

现在，它终于走到了入海口

谈不上壮观，也算不上奇迹

运沙船突突突地驶过，被划破的江面迅速合拢
只有晚霞把江面染得金红
仿佛在为一个仪式加冕
只有那颗疲倦的蛋黄还在水面浮上浮下

而我，也假装成居住在此的当地人
不惊讶，不激动
暗自摁住了饱含感慨的心跳

大佛头山

作为岛上最高的海拔，它几乎达到了信仰的高度

它头顶上矗立着一座灯塔

而它腹部的寺庙，亮着另一盏

外出的打鱼人，只要远远地望见它

便会放下久悬的心

而这已是很多年前的事情

现在，渔民更倾向气象学和电子信息的进步

佛头上的灯塔早已生锈。山腹间的妈祖

也似乎早已被淡忘

现在，它仅仅作为一道风景存在

就像 10 年前，你爬到山顶

面向大海说：灯塔不亮的时候，就让我来发光

而现在，你更专注于守住身体

内部的光芒

就像大佛头山，沉默、无语

它洞悉世事——

但不再照亮海面，它仅仅是你

一个人的宗教

注：大佛头山，位于位于象山南部东海三门湾口，因山形似佛头而名。为海上丝路和渔民出海捕捞返程时的天然地标。

丁亥冬日，在乾隆号饮酒行乐

这是冬日的海面。浑浊，但平静
阳光为它镀上了金边
仿古的乾隆号浮于其上，它再次带来盛世
浮华的气象

哦，多么短暂　这聚会，午后的冬日
这世间的光阴
我们饮酒、高谈阔论
我们的快乐恰好来源于我们的放纵

我们暂时不去考虑道德、救赎
我们不需知道，下一次台风
将在何时光顾

我们不需看穿海面，不需追忆刚刚散去的
上个世纪的白雾

我们也不需知道，它的下面
两艘自沉的中国战舰埋在水底已逾百年
巨大的船体还在继续生锈

注：石浦港，位于浙江半岛南端，中国四大民用渔港之一。
清光绪十一年，即公元 1885 年，在浙江省宁波市象山县石浦港，
大清南洋水师与法国远东舰队发生了一场海战。因实力相差悬
殊，为避免伤及无辜，南洋水师舰船无奈地选择了自沉。

丁酉秋再访花岙岛张煌言兵营遗址

因为海风强劲，这里的树冠一律倾斜
连同我们的身体，也被吹得东倒西歪

在海岛，很多事物经不起风吹：
大风吹净了空气中的血腥
吹弯了北斗的斗柄
吹空了史书上的字符
包括权力、财富、功业……
到最后都被吹成了潮头上的泡沫

只有石头保留了下来
只有石头砌成的水井、军营还在
但它们，都成了废墟
——没有废墟的历史多么不真实
——没有石头的历史显得多么轻飘

现在，海风还在继续吹拂

吹过我们发冷的骨头——吹过人心的风
其实比海风更加凛冽

海风吹拂——
一个站在废墟上的牧羊女，眼神清澈
她眼中的青草，又从羊群啃食过的地方长了出来

注：花岙岛，位于浙东高塘岛南，有明末抗清英雄张苍水屯
兵遗址。

南田岛海禁碑

凭借记忆我再次找到了它
一截不起眼的石头
戳在岛南一座不知名的小庙前

石头上"永久封禁大海"字痕
似乎又浅了一些
很明显，它正在磨损、漫漶

沿着残碑上的刻痕
时间、雨水、空气里的盐
还在持续渗入
也许用不了多久，它就会风化、消失

但正是这块不起眼的石头，曾经让大海
后退了四十里，让无数沿海居民
失去了自己的家园

现在，我在小庙前眺望

沿着金漆门水道，新鲜的海水持续涌进

它什么也无法阻挡

一块无辜的石头，最终

只是见证了王权的失败

细雨蒙蒙，更远的海上一片迷雾

在看不见的远处

更多无辜的石头

还在承担着这个世界上更多的不朽和耻辱

注：明清两代统治者多次回迁沿海居民，封禁大海。浙东南田岛南，依旧存有道光年间封禁大海的石碑。

第二辑
南海篇

徐闻三记

一、起点

一个奇怪的地名，对应着大陆架最南端

一个微小的凸点

天气好的时候，站在石莲山顶眺望

也许你还能看到

一片消失在深海里的帆影

如果从更高的点位俯视，你会发现

而它留在原处的凸点

像是一个巨人迈向大海后留下的

一只脚印

这是并不起眼的最初一步

然而，对于一个古老的农耕民族

却是巨大的一步

现在，闭上眼，让我们想象：遥远的

公元前 111 年的某一天

一艘满载黄金和丝绸的木船

从它的一处码头解缆

一只蜗牛，小心翼翼

打开了它伸向未知世界的触角

世界的大门就此打开：一条蓝色的道路

开始对着一个大陆民族

闪现它诱人的光芒

二、送别

一块突出的海岬

一座孤悬于海上的岛屿与它隔海相望

这里是一块适合送行也适合告别的地方

这里是真正的天涯

绍圣四年六月的天气燠热难当

而我的内心一片悲凉

从梧州到藤州再到雷州，行程已经一拖再拖

终于，到了不得不告别的时刻

角尾乡的渡口边，一艘客船已经解缆

因为过客寥寥

这座汉代以来的古渡行将荒废

码头边的饮食更是难以下咽

而对面的人照例是一个乐天派

上船前仍不忘调侃一番，顺便抹了抹胡子上的汤汁

那一刻，一阵雾气忽然从我眼底升起

海风开始猛烈地摇晃船身

当我回过神来，看见年过花甲的身影

在船头晃动

忽然想起他当年写下的诗句

"小舟从此逝，江海寄余生"

此刻，心头句分明是眼前景

先前的无数次告别忽然历历在目：

只是当时我并不知道，这一次

竟然是诀别！

往后余生，这个浪尖上的身影将永远化作

夜夜来到我的枕边的涛声

三、在灯楼角理解海角天涯

灯楼角的塔光已经能够照亮更远的水路

这个时代的海角
早已失去了它的地理属性

古渡码头已经成为遗址
那些曾经穷尽一都难以探知的地方
如今已经尽在掌握

在放坡村，我寻访一千年前
一对最具情谊的手足
他们在这里经历了真正的生离死别

这个时代的人们，已经很难理解这种离别
当我们坐着火车横渡大海
轻易就击穿了无数苦涩的诗意

这里是徐闻古渡，曾经的极南之地
如今，只是一个再普通不过的渡口
站在码头边的我们无所事事
看着两道从不同海域涌来的波浪相互角力
并为我们虚拟的分离设置一个水中的十字路口——

这个时代最远的距离
早已从天涯退缩到我们内心某个隐秘的码头
它摆渡我们的欲望

但已不再轻易地为思念和爱，摁响远航的汽笛

注：徐闻县，隶属广东省湛江市，位于中国大陆最南端，与海南岛隔海相望，秦汉时期海上丝绸之路的始发点。徐闻角尾的分水岭是中国大陆最南端的终点，也是北部湾和南海的交汇之处，两片不同海域的海水在此互相激荡，形成独特的"十字浪"北宋绍圣四年六月，苏辙送苏轼于角尾渡口过海，中国文学史上最著名的一对手足在此诀别。今渡口附近有放坡村纪念此事。

更路簿

在海南陵水，我问当地的黎族朋友

是否曾听说过一本名叫《更路簿》的书

他们的脸色茫然如海上的烟波

那些世世代代漂在水上的疍家人

同样一无所知

但并不妨碍，他们摇船、扶舵

自由穿梭于岛礁之间

事实上他们清楚这里的每一座暗礁每一道潜流

他们知道洋流和鱼群的走向

知道冬天和夏天吹拂的风向

知道它们带来的

那些隔世的蓝烟和羊皮经卷上古老的传说

他们摇动的桨橹下仿佛有无数细小、散乱的线头

连接着荒岛、暗礁、沉船

千百年来，除了凭借神秘的牵星术

和一部更加神秘的海图之外

过往的商船就是依靠他们作为向导

在波峰浪谷间摸索穿行

如果你仔细辨别，就会发现这些当地土著的方言里

夹杂着来自更远处海岸的口音

在和他们交谈时，你能看到粼粼波光

在他们脸上晃动着，一幅更加古老的海图

注：陵水，位于海南岛东南侧，始置于公元 610 年（隋大业六年），1987 年 12 月 31 日成立陵水黎族自治县，居民以汉、黎、苗族为主，自古以来是海上丝绸之路的一个重要补给点。

《更路簿》是中国的海南渔民在开发和经营西、南、中沙群岛的过程中，用海南方言字写成，利用文字和地图的方式描绘出的航海手册，为历史上海丝之路上的商船起到了护航引路的作用。

分界洲岭

候鸟到了这里，卸下了翼翅上的风尘和疲倦

船队到了这里，修整、补给

寻找向导和打探水路

一阵风、一片云脚步踉跄，到了这里

终于兜不住一腔委屈

于是，便有了一个奇迹：

分界洲岭，一边是绵绵不绝的雨脚

另一边，风和日丽，晴空万里

仿佛此刻，一个借助金属翅膀

来到这里的人的心情

在岭上徘徊良久，他似乎听见有人说：

人生失意无南北，鸿飞哪复计东西

有人又说：此心安处是吾乡

然而生活总会是在别处

远方永远在远处

风雨过后，船队完成补给，继续向前

而岭上徘徊的人，在洗清霜雪和风尘之后

他将像候鸟一样，借助一双金属的翅膀

再次北归，那里，仍有莫测的风雨在等待着他

注：分界洲，位于海南陵水境内，又名牛岭，北汉南黎以此
为界，南北气候也以此为界，故名分界洲。

南海神庙

高大的波罗树筛下斑驳日影，让仪门廊下的神像

再次披上了有如海面的潋滟光波

那一瞬间，仿佛诸神都已还魂

其中的一尊，深目高鼻、面色黝黑

据说曾是一名来自婆罗门的番客

因为迷恋异域的风景延误了归期

最终成了神庙的六侯之一

每当海上"裂风雷雨之变，

颂念其名天气就会骤然转为晴霁"

船行万里如过席上……

时光荏苒

一座神庙，成为番客和远下南洋的水手们

精神的锚地和身体里的压舱石

庙前废弃的码头

曾是当年广州通夷海道的起点

它终点的巴士拉，据说就是辛巴达航海的起点

仿佛两枚纽扣，两座遥远的城市分置两端

共同维系着太平洋和印度洋之间

湛蓝的衣襟

注：南海神庙，又称波罗庙、东庙，坐落于广州市黄埔区庙头村，始建于隋开皇十四年（594年），是中国四大海神庙中唯一保存下来的规模最大、最完整的海神庙，是古代海上丝绸之路发祥地之一，也是对外贸易交往的历史见证和重要史迹。古庙地处珠江出海口，中外海船出入广州按例都要到庙中祭拜南海神，祈求出入平安，一帆风顺。南海神庙也是中国历代皇帝祭海的场所，留下了不少珍贵碑刻，故有"南方碑林"之称。每年农历三月在此举行的祭祀南海神的传统民间信俗"波罗诞"被列入国家级非物质文化遗产名录。

南海神庙之番鬼望波罗

正午的扶胥港如一张摊开的宣纸

闪着白色的光芒

一座的海边庙宇，像一枚镇石

压住了纸张的一角

海不扬波——

当然，这只是个美好的譬喻

即便在纸上，照样有波诡云谲

有隐藏在褶皱中的暗礁和洋流

有时候，一艘船在纸上犁出的深痕

比大海的伤口更难愈合

滞留多年，你已经谙熟了东方智慧：

如果要想平安抵达就永远

不要装满你的船

你要将那些精美的瓷器小心翼翼地

安放于船舱的中间

然后用植物种子填满它们的缝隙

这比将珠宝和香料混装的方法更能抵御风浪

事实上，你知道最恐怖的颠簸其实来自

商人们的贪婪——

那些暗中窥视的眼睛里闪着祖母绿的光

牵星术和罗盘能够规划大致的航线

却无法矫正人心底的准星

正如当年，当开往波罗国的商船弃你而去

你能做的，只有日夜望海悲戚

是这个东方的小小的庙宇接纳了你

并最终让你成为它的一部分

你站立的地方，成了你的望乡台

你在异国的一小块祖国

你种下的菠萝树，时至今日

仍用巨大的浓荫抚慰着酷日下的讨海客

正如当年，扶胥港用初升的旭日抚慰了你——

当返程的船弃你而去，心冷如灰的达奚司空

再度醒来，吃惊地发现

你亲手埋葬在大海中的丝绸

已经被它铺展成了一条通往波罗国的金色水道

注：在南海神庙仪门外廊的东边，有一尊塑像，赤面黑髯，左手加额眺望远方，相传为古波罗国来华朝贡使达奚，因迷恋庙中秀丽的景致而误了返程的海船，于是日夜悲戚，后来立化在海边。当地人将其厚葬，并按他生前左手举额前望海舶归状，塑像祀于南海神庙中，尊称其为"达奚司空"。因历史上广州民间俚

语把外国人称为"番鬼",因此这尊塑像被称为"番鬼望波罗"。因这位使者来自波罗国,南海神庙因此被称为"波罗庙"。

浴日亭

它目送无数大船起锚
也迎接无数帆影归来

它见证了朝云的灿烂暮雨的缱绻
沉船之后，它见证过落日的磅礴与无言

扶胥港前，瑞光明灭
它照人间屋舍，也照古渡荒丘

公元 1094 年，它也曾照拂一位贬官的病骨
和他作为诗人的衰颜
照拂他旅途的悲怆与踉跄

当落日烧红天海
它目送一只短暂停顿的惊弓之鸟，消失在烟波深处

……都过去了

章丘岗上，新世纪的日光

照拂着一座新迁的墓葬

墓穴打开后，它照拂三枚银币上的陌生图案

并且借助三枚出土银币的反光

照见一条蓝色海道上的逝水微波

注：浴日亭，位于广州西南章丘岗上，面朝黄木湾，可俯瞰扶胥古港。是古代观望海上日出之地，"扶胥浴日"宋元时期即为羊城八景的首景。北宋绍圣初年（1094年），苏东坡被贬至岭南途中，在广州停留，拜祭南海神，登章丘浴日亭成诗一首："剑气峥嵘夜插天，瑞光明灭到黄湾。坐看旸谷浮金晕，遥想钱塘涌雪山。正觉苍凉苏病骨，更烦沉瀣洗衰颜。忽惊鸟动行人起，飞上千峰紫翠间。"浴日亭所在章丘岗也有曾任广州提举市舶司的明太监韦眷墓冢神道，发掘时墓道破坏严重，仅出土外国银币3枚，成为丝绸之路繁华的见证。

南越王宫

从它的断壁残廊，想象一座王宫的宏伟
从几块孔雀蓝釉质的简残瓦
想象它异域气质的华美
从它留存八棱石柱，想象它曾经支撑的富庶与繁华

同样，需要从一枚焊珠金花泡挂饰和一只锦盒
去想象南越王妃的盛世美颜
从一件漆盒中的红海乳香
想象发生在两千年前的一场海上贸易

"三时已断黄梅雨，万里初来船逞风"
从一首诗句的留白处
想象从一条遥远的水路
舶来的船帆，满载没药、乳香和奇珍异宝

从形态各异的托灯胡甬以及《异物志》的描述里
想象他们豢养的"瓷人"

和穷奢极欲的生活，

也就不难想象一个王朝短暂出现和快速消亡的原因

　　注：南越国王宫为南越国遗址之一，位于中国广东省广州市越秀区内，包括御花园遗址、南越国宫殿遗址、南汉国宫殿遗址以及各朝官署遗址等。1996 年 11 月 20 日，该遗址被列为全国重点文物保护单位。2006 年 6 月 11 日，向公众开放部分已整理修复完的大约 3000 多平方米的遗迹，并在 10000 多件发掘品中精选部分文物向公众展出。2021 年 10 月 18 日，南越国遗址入选"百年百大考古发现"。遗址内陆续发现多种具有海外风格的文物，证实彼时海上商贸交流已是常态。

光孝寺

它曾是南越王的故宅

三国时期，术士虞翻在此谪居

其后舍宅施寺

东晋隆安年间，一位来自罽宾国的僧人在此驻锡

这座宅院开始迎来它的高光时刻：

裘那罗跋陀三藏、智药三藏、达摩禅师……

一批来自印度的高僧如一粒一粒灯火

逐渐擦亮了空旷的佛堂

唐仪凤元年，禅宗六祖慧能在此受戒

三千烦恼丝，埋进了附近的瘗发塔

有别于其他珈蓝的形制

它的大雄宝殿，供奉着华严三圣不变的报身

而它作为一座建筑的命运，

却在时光里不断变幻着面孔：

王宫、书院、寺庙、学校、傀儡政权的

司令部以及一家俗世中的歌舞团

如今它又重新回到了作为一座寺院的应身

但大殿内的香火早已不复从前

空旷的庭院里，虞翻当年手植的诃子树已所剩无几

智药三藏手植的菩提仅存一棵

每逢月圆之夜，游客散尽，只有这些参天古木

会显露出庄严的法身

重复一场有关风动和心动的辩论

注：光孝寺，古名制止寺、王园寺、广孝寺，位于广州市光孝路109号，该寺1990年占地面积3万多平方米，始建于西汉，为南越王赵佗之孙赵建德的府邸。三国时代，吴国虞翻谪居于此，世称虞苑。虞翻在园里讲学并种了许多频婆树和苛子树，亦叫"苛林"。虞翻死后，施宅为寺，名曰：制止寺东晋隆安年间，印度高僧昙摩耶舍于此驻锡弘法，由此开始佛教传播。唐高宗仪凤元年（676年）禅宗六祖惠能与僧论风幡，剃发于菩提树下，开演东山顿悟法门。

怀圣寺光塔

它银白的尖顶仿佛伸向天空的一支如椽之笔

在那些逝去的

古老的夜晚，它上空的灿灿星斗一度呼应着

异域的天方夜谭

那是一千零一夜之后的书写？

它究竟建于何时迄今尚无定论

但这并不影响

它成为蕃坊乃至这座东方港城的地标建筑

每当夜晚降临它顶端的灯火代替了白天的悬旗

引导着市舶商船以及信众们内心的航向

时至今日，由它带来的涛声仍旧在众多穆斯林的脉管内喧响

从巴士拉到希拉夫、阿曼、印度再到这个古老的东方国度

从地缘航线到心路历程

双重的引领汇聚成同一条水路

和更多的建筑一样，它同样几经倾圮

塔顶的金鸡和葫芦被飓风吹毁

但这同样不影响它一再被加固和重建

它内部的螺旋形楼梯见证着上升之路的陡峭

是什么构成了它矗立千年的理由？

在它附近

一座古墓拱北成为它灯油不竭的泉源和秘密

一个安放早年逝者肉身的所在

成为后来者的精神基座

多么昂贵的证据

只有死亡，能够让我们感知活着的意义

一代又一代人，用祈祷和信仰堆高了它

让它弯曲的穹顶和沉默的大理石碑

成为不容置辩的精神修辞

注：怀圣寺，中国伊斯兰教著名清真寺，又称光塔寺，位于广东省广州市越秀区光塔路，与泉州清净寺、杭州凤凰寺、扬州仙鹤寺并为伊斯兰教传入中国后最早创建的四大著名清真寺。称"怀圣"，即怀念伊斯兰教先知穆罕默德圣人之意。公元7世纪，宛葛斯奉先知穆罕默德之命，不辞劳苦，远涉重洋，把伊斯兰教传到了广州，并在广州创建第一座清真寺——怀圣寺。

怀圣寺光塔，位于怀圣寺院西南隅，与寺并立。属全国重点文物保护单位，是中国伊斯兰教古迹。原名呼礼塔，波斯语音读作"邦克塔"，"邦"在粤语中音近"光"，遂误称为"光塔"。一说因塔呈圆筒形，耸立珠江边，古时每晚塔顶高竖导航明灯而得名。一说塔表圆形灰饰，望之如光洁银笔，故名。据《羊城古钞》载，古代"每岁五六月，番人望海舶至，以鼓登顶呼号，以祈风信"。

清真先贤古墓，坐落在广州北门外桂花岗，即赛义德·艾布·宛葛斯墓，与光塔遥相呼应。相传宛葛斯是穆罕默德当年派来中国传教的门徒——大贤四人中的一贤，也是穆罕默德的舅舅。广州穆斯林为纪念宛葛斯之功德，把宛葛斯去世那一天（伊斯兰教教历11月27日）称作"大人忌"。

天方逸闻：银币之冤

明成化二十三年，一名来自天方国的使者
携带巨宝数万，从满剌加行至广州
试图入京朝贡

随他到来的，除了对一个东方大国的敬意与想象
还有一个寻访其兄的愿望
然赴京自诉未果
这名叫做阿力的使者乃号泣而去……

时光荏苒，一段海丝古道上的轶事
随着一个墓穴的发掘重见天日
1964 年，考古人员在被盗挖过的
韦眷墓冢，找到了三枚银币

擦去表面的锈迹之后，三枚银币
恢复了原有的光亮
仿佛是为一段沉冤昭雪

三道寒光，似乎再次证实了一句古老的托词：

正义也许迟到，但从不缺席

但迟来的正义还能算是

正义吗

漫长沉冤之期

好人一直在墓穴中等待

"而坏人早已享用完了他们生前的时间"

注：韦眷，明代广东提举市舶太监。其墓位于广州市东山姚家岗。1964年发掘时，墓已被盗，破坏严重，随葬物被盗一空。清理仅得圆形素面薄金片1枚、残断红色珊瑚1支、宋钱3枚、南汉铅钱1及外国银币3枚。外国银币中有两枚是15世纪的榜葛剌（今孟加拉国）银币，为榜葛剌国培巴克沙于1459年所铸。另一枚是15世纪威尼斯银币，为威尼斯共和国总督帕斯夸尔·马利皮埃罗所铸，称"格罗索"或"格罗塞托"。据《明史》记载，成化二十三年（1487），天方国阿力携宝物入贡，为眷侵克。阿力怨，赴京自诉，"时眷惧罪，先已夤缘于内"。帝乃责阿力为间谍，假供行奸，令广东守臣逐还，阿力乃号泣而去……

引文中化用诗人代薇诗句。

时光仓储：太古仓

它仓储了半部广州近代史

三座丁字形的栈桥和七幢仓库

像一串牢牢订在珠江边的纽扣

三十余艘商船，穿针引线

连接起它通往中南亚众多港口的水路

1904年，一家老牌的英资商行建造了它

它曾是码头、粮仓

战争年代成为日军侵华物资的转运基地

抗战结束后，又变成仓储胜利果实的库房

六十年代，作为运送知识青年南下湛江海南的转运站

它见证时代的潮水，从它码头下的水道涌来又退去

在那个特殊年代，它的一间仓库被炮火毁损

尽管几经修复，它仓储的物质仍旧受潮

成为时间里的一个无法愈合的溃疡点

但同时也验证了它初建时的严谨

如今它已变身为商铺、影院和会展中心

作为一座国际化港口的城市客厅

百年前的大阪仓

和盛世霓虹，共同倒映着时光的幻影

我在粮仓改置的酒吧里喝茶

清晨的咖啡杯口，笼罩着一百年前的雾气

而昨夜喝下的酒里，混合着历史的苦涩

和汽笛走远后江面的清冷

注：太古仓码头（旧称白蚬壳）位于广东省广州市海珠区，由英国太古洋行于1904—1908年间修建，由3座丁字形栈桥式混凝土码头和7幢（8个编号）砖木结构仓库组成。陆域面积54888平方米，码头岸线321米。是一个比较完善的仓储码头，供太古轮船公司使用，也是广州市文物保护单位。

帝国商行

大门关闭之后，它成了垂暮王朝眺望世界的唯一窗口

唯一的一条海上丝路

十八世纪由此进入

传教士、科学家、医生、画家

一批西洋人，以此为跳板，进入王朝的中心

一批能工巧匠云集于此

让它的牙雕、漆器、木作、绘画获得了空前的高度

一套"雨过天晴刻花云杯"，融合了汝窑

和欧洲文艺复兴时期的炫目光彩

一批红顶商人应运而生

十三条行规成就了华南商贸的繁荣

也创造了"天子南库"的奇迹

一位华人世界首富由此诞生

然而奇迹并不长久

一代因海而兴的商帮，最终毁于一场又一场大火

而昏聩朝廷的朽木之躯，成了真正的引火者

"大火中熔化的洋银满街流淌，蔓延一二里地"

据说因珠宝烧烈所致

"夜间遥望火光，五色闪耀，绚丽异常……"

无法再作过多的描述，且让时间

定格在公元 1822 年吧，那个永远的痛点

那个烈火焚烧世界宝库的晚上

那个王朝倒塌的前夜

　　注：广州十三行是清代专做对外贸易的牙行，是清政府指定专营对外贸易的垄断机构。在"一口通商"时期，十三行的发展达到了巅峰，成为"天子南库"，与亚洲、欧美主要国家都有直接的贸易关系。1757 年，随着乾隆皇帝仅留粤海关一口对外通商上谕的颁布，清朝的对外贸易便锁定在广州十三行。位于珠江边上的中外交易场所，十三行口岸洋船聚集，几乎所有亚洲、欧洲、美洲的主要国家和地区都与十三行发生过直接的贸易关系。这里拥有通往欧洲、拉美、南亚、东洋和大洋洲的环球贸易航线，是清政府闭关政策下海上丝绸之路上唯一幸存的中国商行。十三行商人是继徽商和晋商之后中国有负盛名的商人群体。他们从垄断外贸特权中崛起，经济实力显赫，具有世界影响力。

众塔之城

"塔高云为帆，风劲岛作舟"

仿佛三支高耸的桅杆

三座塔，依次矗立在珠江之畔

让广州城，变成了一艘永不沉没的巨轮

拨开笼罩在港面上的薄雾

我们就能看到

一艘大船，从十八世纪的黄埔古港驶入

它也许是歌德堡号

也许是中国皇后号、涅瓦号或者哈斯丁号

在酱园码头，卸下漂泊万里的风尘和满船的货物

如果你在船头眺望，就能看到十三行店铺通明的灯火

和它倒映在水下的绚烂光影

如果你能爬上桅杆继续眺望，也许能看到

这座广府大城辽远的前世：

两千多年前的一座番禺小城

看到它连接码头的一座古老的造船厂

你或许将惊讶于他们让人吃惊的造船能力

你就能感知到，脚下的这艘大船是如何

一步一步，长成为一艘东方巨轮

如果你回头眺望，映入你眼帘的

将会是一幢高耸入云的高塔

毫无疑问，它钢质、绚丽的身姿将成为这座大船

更高的桅杆，它鼓荡的风帆将拉动它

进入一个更新的风口

注：早年广州有琶洲、莲花、赤岗三塔，依次矗立于珠江沿岸。琶洲塔位于广州城东南40里，莲花塔位于城东南80里，赤岗塔则位于东南城下，构成"锁江束海"的"珠江三塔"，以聚"扶舆之气"。

广州塔，又称广州新电视塔，昵称小蛮腰，位于中国广东省广州市海珠区（艺洲岛）赤岗塔附近，距离珠江南岸125米，与珠江新城、花城广场、海心沙岛隔江相望。广州塔塔身主体高454米，天线桅杆高146米，总高度600米，为中国第一高塔，也是国家AAAA级旅游景区。

南海 1 号

如果一只满载珍宝的南宋福船顺利抵达

那么一盒粉青瓷盒里的胭脂

将重新涂上女主人的脸庞

一只硕大的金手镯，也会套上男主的手腕

而一只菊纹青釉碟，会再次摆上他们的餐桌……

但没有如果。它的主人早已不知去向

它沉没的原因尚不得而知

它的来处和目的地，已成时间里的谜团

多年以后，历史留给我们的

是一个让人瞠目结舌的奇迹

"几乎每一件，都是绝无仅有的珍品！"

那些金、银、铜、铁质的器皿

那些堆积如山的

来自德化窑、磁灶窑、景德镇

以及龙泉窑系的精美瓷器

我曾隔着屏幕，目睹它出水的过程

一粒巨大的时间胶囊，被完整地取出

随着披在它身上的泥浆和海底生物残骸被剥开

一个逝去时代的切片

再次呈现出它摄人心魄的秘密花纹

而它本身也是一个奇迹

如果它没有遇见风浪，如果它没有倾覆、沉没

那么，它的珍宝将散佚

它自身也终将不知所终

但同样没有如果！

那导致它沉没的，最终成为救赎

如果它会选择，我相信那就是它自己的选择！

是的，一艘船在出发时选择沉没，是合理的

它们没有抵达目的地

但却穿透时间抵达了真正的目的

　　注："南海1号"，为南宋初期一艘沿海上丝绸之路向外运送瓷器时失事沉没的木质福船，1987年在阳江海域发现，是国内发现的第一个沉船遗址，也是迄今为止全世界范围内发现的海上沉船中年代最早、船体最大、保存最完整的远洋贸易商船。为复原海上丝绸之路的历史、陶瓷史提供了极为难得的实物资料。

2019 年 8 月 6 日，国家文物局召开工作会，发布了"南海一号"保护发掘项目考古工作成果。沉船中共出土 18 万余件文物精品，且有不少是价值连城的国宝级文物，仅从商业角度估计，它的价值可能超过 3000 亿美元。而它在文物考古和历史文化研究领域的价值更是无法估量。2020 年 5 月 5 日，2019 年度全国十大考古新发现评选结果揭晓，广东"南海一号"水下考古发掘项目上榜。"南海 1 号"是时间和海洋留给我们的最为珍贵的馈赠之一。

最后的帆影

1573 年春，沉寂许久的南中国海面上
忽然出现了一片陌生的帆影
两艘来自异域的加利安号大帆船
满载来自美洲的白银，前来南海贸易

位于马尼拉的中转码头
除了堆满丝绸、瓷器和香料之外
一种来自东方的神奇的树叶塞满了船舱
并由此开始了它通往欧洲的奇幻之旅

之后两百年里，这种神奇的东方树叶
成为继丝绸和瓷器之后，最受欧洲欢迎的商品
一场由东方古国主导的海上贸易
迎来了它最后的辉煌

1769 年，一艘冒着黑烟的新式船舶
忽然出现在不被我们看见的

海平线的另一侧

大海这边，徐徐消隐的夕光
吞没了海面上最后一片帆影

注：1571 年，一艘中国商船在外海遇险，被经过的西班牙船队所救。船上所载的茶叶等货物，引起他们的兴趣。两年后，茶叶已经成为丝绸和瓷器之后最受欧洲欢迎的东方商品。但由于明代实行海禁，只有部分中国商船，能载货到马尼拉完成中转交易。

1807 年，美国人富尔顿号蒸汽船在纽约和费城之间首航成功，从而宣告了帆船时代海上贸易的终结。由中国主导的，延续了近两千年的海上丝绸之路走向衰落。

第三辑
闽泉篇

刺桐之恋

鲤城内的刺桐花有多红，泉州姑嫂的心事就有多热烈

洛阳河里纤夫的腰身有多弯

远航归来的海船吃水就有多深

通夷海道的水路有多远，等待的时光就有多漫长

海水有多咸，日子就有多苦

下南洋的消失的帆影有多久，万寿塔就有多高

远处闪烁的渔火有多微弱，渔家姑嫂的眼神就有多迷离

外洋的风浪有多大，刺桐港的夜色就有多温柔

——说到港湾，一个客死异邦的南洋客，临终前喃喃自语

他一生要停泊的港湾，不是占城，不是真腊

不是狮子城，不是瓜达尔港

而是万里之外，刺桐树下的一豆灯火

是灯火下，那个白发苍苍的人

结满蛛网的怀抱

注：泉州港，亦名刺桐港，因城内遍植刺桐而得名。是中国福建省泉州市境内的港口，位于泉州市东南晋江下游滨海的港湾，区域北至泉州湄洲湾内澳，南至泉州围头湾同安区莲河。泉州港是中国古代丝绸之路始发港之一，以宋元时期最负盛名。2021年7月，"泉州：宋元中国的世界海洋商贸中心"列入《世界遗产名录》，成为中国第56处世界遗产。

姑嫂塔

普通游客爬上去，会看见大海，看见蔚蓝
看见若有若无，归去来兮的云

当地土著爬上去，会看见不同颜色的海水
会看见海水中，暗自涌进的潜流
看见暗礁，沉船的位置

只有渔家姑嫂爬上去，会看见远处
大雾笼罩的海平线之外，突然冒出的帆影
会感受到风细微的变化
隐约夹杂着的从远洋吹来的潮热、湿润的空气

总是这样：只有等到大海
苍茫如幕，只有当她们
变成石头时，才会看见她焦灼期盼的那个人归来：

或者是一副瘦削的身影

或者是一件冰冷的遗物

注：万寿塔，又名姑嫂塔。位于泉州城东南方向 20 公里的宝盖山上。万寿塔承载着泉州民众对海洋贸易的历史记忆。这座又名"姑嫂塔"的仿木楼阁式石塔，既是商船抵达泉州港的地标，又铭记着商人妇登塔望夫成石的悲伤传说。长年累月的等待，却并未换得家人从海上归来、全家团圆，这是历史上许多泉州家庭的命运缩影。

泉州：灯火之城

饭稻羹鱼，瓮牖绳枢……
一盏风灯，挂在低矮的海蛎厝屋檐下
阿爹屋外讨海，阿娘屋内忧戚
风吹灯晃
日子在舢板和简陋埠头的磕碰声中延续

风吹灯晃
一批来自中原地区的人，陆陆续续来到这里
豆油灯，铜油灯取代了更加简陋的鲸油灯
风吹，灯火一闪
一闪又一闪

后来，一盏灯忽然挂满了桅杆
潮起渔火辉映，潮退万籁俱寂
一灯如火，如水中铺开的丝绸

当潮水再次涨起

泉州城内忽然出现了一群高鼻深目的
波斯人，阿拉伯人，用熟练的泉州方言
满大街兜售香料、珠宝和药材
入夜之后，不熄的灯光照着红砖古厝
也照着街巷里圆形、尖顶的各式建筑

潮水混合着渔火
让一座混血之城，仿佛一朵绚丽的彼岸花
别在亚洲版块和太平洋版块的夹缝里
在一拨一拨又一拨的潮水中
明明灭灭

又若干年
我从海上归来
在码头边一幢番仔楼的酒吧前坐下
搅动德化瓷内的一杯蓝山咖啡
昏暗灯火，让我错把一株三角梅当作前世的情人

洛阳桥

它一侧的海是越人的
它另一侧的河也是越人的
但它却有一个北人的名字：洛阳桥

一千年了，它还在那里
筏式的桥墩，一截一截截断的流水
多像寸断的柔肠

洛阳桥有多少孔，就有多少面朝大海的空洞眼神
洛阳桥有多少石板，就有多少艰难跋涉的踉跄脚步
洛阳桥少的石塔有多高，乡愁的目光就有多重

万古安澜啊，一座桥
在曾经的异域站稳了根基
是的，时间和海水熔铸了它
一座桥，横跨在一个民族悲怆的移民史上
也镶嵌在南北民族相互融合的历程里

一千年来，它横跨洛阳河，渡过河北上赶考的士子
渡那些流离失所的乡愁
这是无数南迁的汉人，北向回家的通道

是的，通往
星辰和大海的航线有一千条一万条
而通往故乡的道路只有一条——

洛阳亲友如相问，离人已在洛阳桥

注：始建于 1053 年的洛阳桥，是泉州北上福州乃至内陆腹地的交通枢纽。对于当时的中国而言，泉州又何尝不是一座沟通中外的桥梁？"苍官影里三洲路，涨海声中万国商。"曾几何时，四海客商拥入泉州，走过这里大大小小的街巷、长长短短的桥梁，留下西域的香料、药材和珠宝，将中国的丝绸、茶叶和瓷器带向世界舞台。他们在史书中只留下"番商云集"的剪影，这座城的许多角落，却铭记了他们曾经的悲欢。

泉州往事：避债戏

古早年间，闽南泉州农历风俗

凡有举债者，必须于年前悉数偿还

于是乎年关将至

满城尽是讨债鬼，满城尽是躲债人

于是泉州城内年年上演避债戏

除夕日的关帝庙内，财神庙内聚满了看戏的躲债人

成为一大奇观

庙门前的对联云：

　　想来想去都无钱，入庙去看戏

　　挨东挨西挨过年，出春来还钱

台上锣鼓阵阵，台下人心惊肉跳

债，肯定是躲不过去的

于是乎，出春后，走投无路的人，往往选择出海

有人能赶在下一个年关回来还钱

有人，就永远留在了海上

总是这样：泉州城内，年年有人举债

总是这样：泉州城外，年年有人讨海

只有大海是一本不需偿还的账本
只有大海是一笔永远偿还不完的债务

泉州侨批

"母亲大人下：

儿现时在吡叻坡顺茂行中，微躯粗安，不须介意

况此际暂'新客'，百凡生疏，未得微利

先得贰元寄邱铜夏带回，李忠德敬上"

这是摘录的一则早年泉州

下南洋的番仔，托乡党带回家的信函

这些来自遥远异国的家书及附寄的银信

被称为泉州侨批

而受委托的商行和水客，充当了邮局和邮差的角色

多少年来，他们恪守着朴素的诚信道义

历经千难万阻，也要千方百计

把侨批送到委托者家人的手中

大海茫茫，人世也茫茫

一封侨批往往要走数年

及至送到家乡，物是人非

又要寻访很久，才能找到他们失散的亲人

往往是这样，寄信者客死异乡

收信的人也已不在人世

一封侨批只能辗转送到他们的后人手中

仿佛一缕星光，穿行在宇宙深处

到最后，发出光芒的星体也消失了

只有一缕微弱的星光，挣扎着向人世

投射下最后的光芒

注：侨批，简称作"批"，俗称"番批"、"银信"，专指海外华侨通过海内外民间机构汇寄至国内的汇款暨家书，是一种信、汇合一的特殊邮传载体。广泛分布在福建、广东省潮汕地区暨海南等地。在通信不发达的年代，侨批见证了海外华侨华人移民创业的历史，记录着他们为居住国和祖（籍）国经济社会发展所作的贡献。2013 年，侨批档案入选联合国教科文组织《世界记忆名录》，成为"世界记忆遗产"。泉州是全国著名侨乡，也是福建侨批的主要集中地，泉州市档案馆是福建侨批主要保存单位之一。

泉州：三桅古船

再也没有惊涛骇浪，没有对彼岸的渴念

没有异国他乡的风

吹拂到你高悬的桅帆上

西南风不代表起航

东北风也不代表归来

你的躯体已是一本陈旧的书

夹在地质的泥层当中

若干年后，人们从淤泥中挖掘出你

然后小心翼翼地

取出你最后的页码上，最后的字符

那些曾经闪烁炫目光泽的金、银、铜质器皿

锈迹斑斑

那些曾经流动着水一样温润质感的瓷器

长满了海蛎

那些曾经散发着历史荣耀的丝绸，变幻成了另一种光芒——

若干年后
一位印度诗人这样写道：让你的生命中有足够的阴云
来制造一个绚烂的黄昏

在你那个时期，这些诗句当然还没出现
但你以实际行动完成了它：

当你在暮年选择一个阴云或者暴雨的时刻
将衰老的骨架倾覆于蓝色水面之下
若干年后，人们从你重新出水的桅杆上
再次看见了王朝的最后一抹晚霞

归来

海风吹着桅帆

破成分碎片的篷布仍然紧绷

挂满藤壶的船身似黑色的礁石，几乎是钉在大海中

暮色沉重，从桅杆上方滑下

压住海面

苍茫中，只有船身沉重的吃水声和水手们的鼾声此起彼伏

漫长的归途中，船、大海和水手们都疲惫不堪

个别没有睡着的

在甲板上哼起了吴语小调

有人唱起了越人歌

有人躲在舱内，捧着一纸沾满盐斑的侨批

四野低垂，星汉灿烂

顺着出现在东方天宇的一颗大星眺望

有人似乎看见了万寿塔，有人闻到了刺桐花的香气

有人甚至看见了明州城内的小巷

一扇灯火下

几只圆圆的汤粿，安静地泊在一只德化窑的白瓷碗里

海平线

一直有人从那里出现
一个黑点沿着一根弧线滑动
然后是一叶孤帆
顶破了弧线的缺口
它们运来香料、宝石、异域的种子和各种奇珍异兽

一直有人从那里消失
一同消失的还有满载瓷器、丝绸和茶叶的船只
你知道它们的去处，在那弧线之外，另有弧线

一直有人试图把它们弹响
从木质的船帆到钢质的远洋巨轮
都不过是，沿着它的曲谱滑动的音符

它带走海伦、落日、羊皮经卷
塞壬的歌声里，埋着永远无法回到故乡的人

一直有人从那里消失
一直有人从那里出现
有些事物是存在的，但是始终无法靠近
这就是意义：

永远在你的视线里，但永远抵达不了的远方
永远在你的记忆里，但永远无法返回的故乡

驭风之塔

祈风台还在
印刻在山崖上的风版还在

风从九日山上石刻风版里吹来
那些隐秘的字缝里，藏着多少被风浪吞噬的往事？
如今都被时光磨平。只剩下浅浅的凿痕

风从淳熙年间吹来，从梁安古渡吹来
风从马六甲海峡吹来，从爪哇国吹来
风，从更遥远更陌生的海域吹来

那些被风吹过的船呢
那些被风吹过的桅帆呢
那些被风吹过的人呢

风吹——
他们的须发比破碎帆布更白

他们裹着盐的汗毛比深海的绿藻更加茂密

风吹——

那些被风吹过的人都已经消失在风中

只有风还在不停地吹

风吹，地球的轴心微微倾斜

世界的桅杆仍旧吱嘎响动

注：九日山，在泉州南安境丰州镇西面，距泉州市区约七公里，山中遍布石刻，是我国著名的海外交通史迹。1988年1月，九日山被列为全国重点文物保护单位。1991年至2010年，联合国官员五次到访考察，如今已入选"海上丝绸之路"世界遗址的预备名单。宋元时期，有"东方港"之称的泉州港，有许多番舶船队出入，夏季御西南风而来，冬季乘东北风而去。由于当时的远洋航行全靠风驱动，没有风只能祈求神的帮助，泉州的太守、县令以及市舶司等参与人员，就会到九日山下延福寺侧的通远王祠（后改称昭惠庙），举行隆重的祈求海舶顺风的典礼，并刻石纪事，形成如今我们看到的九日山上祈风石刻。

港城沧桑

它存在于马可波罗的描述中：
万船来港，万商云集
仅仅过去了数百年，那些来自波斯的、占城的、爪哇的
那些贩卖香料、宝石、生丝、茶叶、瓷器的船
都不见了

现在，旧时代的瓦砾上面
矗立着崭新的高楼
码头外
停泊着大型货轮、集装箱，当然还有更重要的客商
但是，这个世界已经不需要想象，没有神秘可言

那些来自苏门答腊的忧郁
那些有关的大秦国摩洛哥的传闻
都消散在浩渺烟波深处

只有码头边磨损的埠石还记得

只有山顶的万寿塔还记得
只有压进岩层的波纹还记得

只有海风还在吹拂着九日山上那些再也无法吹动的石版
只有涛声的搬运工
还在搬动浩渺星河中一支消失的船队

海上丝绸之路博物馆

在这里能看到时间的悖论：
消失于时间的被浪花收留
而消失于浪花中的又被时间保存

在这里看久了，你会觉得，每个人都是一艘船
每个人的记忆里，都应该有一艘沉船

如果你不愿意让珍宝遗失
就要在自己的命数里安排一场海难

你要找到那条命数中秘密的航线
你要在航线上恰当的位置安置好一座恰当的暗礁和一场
命定的风暴
你要让自己的船在恰当的时候经过那里
你知道你将面临什么但仍要直挂云帆一往无前……

许多年过去了

隔着玻璃，隔着那些虚无的波浪

一只宋代梅瓶对自己的身世仍然守口如瓶

一只葵口碟仍旧转动着类似星象般的花纹

而一盏兔毫盏里

盛着用海浪和一千年的时光泡制的茶汤

你的脸如瓷器般平静、精美

你的唇角隐含着风浪的吻痕

蟳埔女人

——薯榔衫、阔脚裤、皇后头
一根骨针的筷子别住一朵粗糠花
象牙色的花纹，暗藏着早年来自阿拉伯海的记忆

大脚终日踩在滩涂和淤泥里
养海蛎、种海蛏，捕鱼捉虾
然后挑着担子走街串巷大着嗓门叫卖

无论老小，头顶绾着螺髻样的粗脚头
鱼腥味裹挟的日子
生活再清苦，头顶也要收拾得干净鲜妍

似乎生来就低人一等
她们半夜出嫁
从一座蚝壳厝，来到另一座蚝壳厝
一把伞是唯一的嫁妆

即使自己的孩子，她们也谦卑地让他们喊自己姨：

鹧鸪姨

蟳埔姨

无论熟悉还是陌生，只要你愿意叫她们一声

马上就能吃到香喷喷的牡蛎煎蛋

只有到了顺济宫前，她们才放低了嗓门

她们垂目祈祷的样子，像极了神座上的妈祖

头顶上簪花围，明艳而静默

庚子秋日，在泉州五店市街头喝下午茶

这里居住着一群被称为客家人的人群
但已经是地地道道的土著
这里保留了很多西洋风格的番仔楼
但已经成为很多人心心念念的故乡

这里有宗祠、庙宇、民居、商铺
这说明
很多年了，这里仍旧处于人神共居的状态

一座被楼群环绕的村庄它的红砖、碧瓦的古厝
经营食锦记、蚂蚁私厨和星巴克
也安放古早味的面线糊、石花膏
让不同时代的乡愁有了结实的着落

这是庚子年的一个秋日屋后
请原谅一个风尘仆仆的异乡人的贸然闯入
请允许他借别人的故乡，稍稍安顿一下自己的羁旅

日影西斜，德化瓷里的苦咖啡

泛出了铁观音的回甘

而街角走过的女子，被我误认为回乡省亲的杭宝丽公主

注："五店市"指的是有闽南特色的红砖厝建筑，横跨明、清、民国三个时期。在当地历次现代都市改造建设中得以幸存，并受到不断升级的保护。番仔楼是闽南一带对于洋楼的称呼。番仔楼（又称番客楼）是一种中西合璧的闽南（特别是泉州）民居建筑。泉州番仔楼最早可以追溯到清朝时期，闽南一带华侨多到南洋一带创业，归国之后建造番仔楼，现存的番仔楼大部分是在清末至新中国成立前后所建。

在马尾看闽江

1. 江水之门

这里的空气能见度很高

但没有人能透过十九世纪的雾气看穿江面

马江到了这里变得开阔。而百年前

它是一截狭窄的喉管，堵住了一个王朝的气数

一百年了，江面上的浓雾尚未散尽

江水深处，有一扇门，锁着一段没有人愿意打开的往事

2. 马尾船厂遗址

这里是近代中国海军的摇篮

但不幸的是，它也只是一只摇篮

整饬一新的船政衙门，恢复了当年的形制

但有些东西已经永远无法恢复

马尾船厂已经几经兴毁。空荡荡的车间
仿佛一副衰败的子宫

它生产出的舰艇，大多已沉在江心
但并非没有意义

它最强大的产品，并非扬武或者振威号
而是从这里走出的人，他们叫做邓世昌、詹天佑、严复……

3. 沉船

傍晚的马江渐趋平缓
沿岸的灯火给江面镀上了一层金属的光芒
人们散步，谈笑
脸上晃动着江水的花纹

他们中间有没有那些水兵的后裔
时隔多年
他们的神情里已经看不到任何悲怆

偶尔传来的汽笛声打破了江面的平静
他们习惯把目光朝向江心

这让我相信，那些尚在淤泥中的沉船

同样，也埋在他们心里

4. 马尾之夜

晚来风急

在鸣潮阁内，就能听到罗星塔檐角的铃声

但马江无声

在一个和平的时代，它只负责保持沉默

它相信会有人

从那沉默中汲取力量

罗星塔，仿佛一把伸向天空的亮光闪闪的钥匙

它的倒影也伸进了江水深处

很多年来

它一直在寻找打开海天之心的那只锁孔

晚来风急，灯火牵着海岸线疾速奔走

最终，消失在辽远的星空边际

开阔的江面上，看不见任何舰艇——

而我相信，一个开放的、平和的港口

恰恰是它最强大的时候

注：马尾港，又称马江，系淡水良港，位于福州东南、闽江两分流——台江、乌龙江汇合处。清代中法战争中在此发生马江海战，由于清政府无能，最终导致福建水师惨败。马尾造船厂位于福州辖区内的马尾港，濒临闽江，是 19 世纪中末叶中国主要的几个造船厂之一，在清政府洋务运动的背景下建设成。

罗星塔

最早它只是一座

爱情的遗址，立在海边的礁岩上

四面的潮水向它围拢，掀起的漩涡

夜夜磨着一个人的心

后来，在它倒塌的地基上

有人造起了七级浮屠。因为地处海边，山通文脉

它成了文峰塔，航标楼

于是，有人在此，看见了永不倒下的信仰

有人看见了爱情的艰难和坚贞

也有人，从它的身影感知到了海风的劲利和岁月的易逝

这就是罗星塔

数百年了，立于马江之畔，岿然不动

纷至沓来的游客，惊叹于它花岗岩的外表

但马尾人知道，是来自附近忠昭祠内的某种力量
构成了塔身最坚实的物质
而源自江水中的屈辱和愤怒
成就了它永远无法燃尽的警世之光

注：罗星塔位于福建省福州市马尾区南部的闽江之滨，是国际公认的航标、闽江门户标志，有"中国塔"之誉。塔下是罗星塔公园，公园旁有国际海员俱乐部。江岸两旁还有古炮台，可以看到当年烟火弥漫的中法马江海战的古战场。附近有为凭吊为国捐躯的先烈而建的昭忠祠。

罗零基点

"这里就是罗零基点，海拔原点"
罗星塔下，导游指着一块不起眼的岩石上面
一只生锈的铁球介绍

"之前它在马江边一块倾斜的礁石上。它设定的海平面
时常被潮水淹没，因而被移到了现在的位置
比之前升高了 2.743 米
它测定的海平面，比黄海低了 2.179 米"

从航海和气象学的角度
这是一个不容忽视的落差
忽略它，可能会带来颠覆性的灾难
而事实上，那些灾难曾一再发生

如果观测点继续升高，那么
大地上的一些落差都将被忽略不计
这让我意识到，要让居于高位的人

保持一颗水平之心，是难的
从上帝的视角看过去的，忽略了多少人间丘壑？
而大地上，每一个
仰望星空的人，都会有自己的基点和高度
但似乎与罗零基点无关

注：罗零基点，位于福州长乐营前伯牙碑的一块花岗岩礁石上。最早由船政衙署和港务当局请德国工程师进行系统测量。从1866年至1896年历时30年，德国工程师最终在伯牙碑下码头江边礁石确定了马江端的最低水位的固定观测标记，标刻了近代中国第一个国际基准海拔原点，在很长一段时间内福建及周围沿海省份的路上高度和水下深度皆以它作为起点计算，这个标刻就是"罗零基点"。

第四辑
海外篇

马六甲

大海、岛屿和狭长水道围成的坐标
上帝的咽喉
世界的十字路口

一句长诗
当然也可能是一个病句
世界的命脉在此命悬一线

马六甲，五世纪曾出现在僧人法显的笔下
而一千多年前，一只五色鹦鹉就已将你
带进东方古国的视线

一千年后，我动用谷歌地图和想象里来到这里
坐在广场上红房子前面，远眺青云亭、圣保罗教堂
或者，看穿马面裙戴沙丽和着土著衣饰的妇女

她们并不全是马来人、印度人和华人

她们是一个新生的族群：峇峇娘惹
用混合着福建话和马来语的口音向我问候

马六甲，三保庙前狮子头上的金粉已经脱落
但香火依旧旺盛
街巷尽头的山间有一口井，泉水甘冽
映照着当年杭宝丽公主的容颜

马六甲三宝山上埋着一万多无法返乡的亡魂
每当月圆之际
太平洋一样广阔的乡愁，就堵住了它六百里
漫长、狭窄的水道

注：马六甲州，马来西亚十三个联邦州之一，位于马来西亚半岛西边，与森美兰州和柔佛州毗连。中国明代航海家郑和率领船队七下西洋，其中五次驻节马六甲，将中国丝绸、茶叶、瓷器等产品和先进的生产技术带到这里，使马六甲成为繁荣一时的贸易中心。2008 年 7 月 7 日，州首府马六甲市正式被联合国教科文组织列入世界遗产名录。

马六甲海峡：位于马来半岛与印度尼西亚的苏门答腊岛之间的漫长海峡，由新加坡、马来西亚和印度尼西亚三国共同管辖。马六甲是马来西亚近代一个重要的国际贸易交通港埠，国际上习惯用它称呼该海峡。海峡全长约 1080 千米，西北部最宽达 370

千米，东南部的新加坡海峡最窄处只有 37 千米，是连接沟通太平洋与印度洋的国际水道。经马六甲海峡进入中国南海的油轮是经过苏伊士运河的 3 倍、巴拿马运河的 5 倍。马六甲海峡对于日本、中国、韩国，都是最主要的能源运输通道，是"海上生命线"。（另注：被西方国家誉为"海上生命线"的是霍尔木兹海峡。）

苏门答腊

苏门答腊
传说中的黄金之岛
苏门答腊
光辉绮丽的乡土

亚奇人和巴塔克人的家园
十六世纪后，被葡萄牙、荷兰探险者竞相攫取
独立之后，又成为印尼人的希望之岛

苏门答腊
台风和海啸的照拂之地
印度洋经年卷起的怒涛，拍打着疲倦的海岸

苏门答腊
室利佛逝国曾经迎来一位唐代的高僧
明朝初年，一支来自东方的船队，曾带来友谊
和一段难得的和平时光

如今在它岛上的亚奇博物馆内

一座东方的大钟，仍在迎送着它宁静的晨钟暮鼓

苏门答腊

一个中国作家在此，化作了它丛林中的迷雾

一艘来自唐朝的黑石号沉船，浮出水面

揭开了一段不为人知的历史

注：苏门答腊岛，东南亚印度尼西亚西部的一个大型岛屿。是世界第六大岛屿，也是印尼所独立拥有的最大的岛屿。东北隔马六甲海峡与马来半岛相望，西濒印度洋，东临中国南海，东南隔巽他海峡与爪哇岛相望，北面为安达曼群岛。苏门答腊岛古名为 Suvara Dvipa（梵语：黄金岛屿），在中国古代文献中称为金洲，因自古以来苏门答腊岛山区盛产黄金。16世纪时，其"黄金岛"之名声曾吸引不少葡萄牙探险家远赴苏门答腊岛寻金。

爪哇之远

南太平洋上的弹丸之地
频繁出现在古中国文献典籍里的遥远国度
叶调，柯陵，阇婆，呵罗丹，耶婆提，满者伯夷
它们的国名如波涛中不断变幻的面孔

文明的边陲。辽远虚无之境
我们用想象才能抵达的地方
为一个古老的农耕王朝，贡献了一个俗语

而这辽远之地并非虚无
爪哇岛，盛产香料、热带木材和独角犀牛的岛屿
婆罗摩火山喷发的烟岚和海上的雾霭
带来了仙境般的景象

但它的人民确是凶猛，它的海面海盗出没
割掉了元朝使者的耳朵
又杀掉了明朝的册封使团

1527 年，作为国家的爪哇（满者伯夷）宣告灭亡

爪哇岛，如今，它是世界上人口密度最大的岛屿
日惹市的婆罗浮屠和普兰巴南寺庙群
谁能主宰大海的信仰
只有涛声日日夜夜淘洗着土著们的灵魂
对于他们，它就是世界的中心

注：爪哇岛，印度尼西亚的第五大岛，南临印度洋，北面爪哇海。爪哇岛是印尼经济、政治和文化最发达的地区，首都雅加达位于爪哇岛西北。爪哇岛是世界上人口最多，也是人口密度最高的岛屿之一，人口 1.45 亿（2014 年），密度高达每平方千米 1045 人，拥有全国约 2.62 亿人口中的一半。爪哇岛一度曾是古代中国俗语里的极远之地。

旧港之旧

它有落日之光晕染的迷人海岬
它蔚蓝色的郊野与天空同构
当我到来，传说中的室利佛逝国
已经被一个名叫三佛齐的小国替代
穆西河畔建满了没有窗户的房子

一位叫做陈祖义的海盗控制了它
据说他曾是大明潮汕一带的流民
而当我离开之后
它更名为旧港宣慰司
大明王朝多了一块化外飞地

时间仅仅过了三十七年
它又重新变换了时空
它的宝石作坊、银匠铺和堆满乳香没药的码头
都已消失不见

只有海岬上的落日，只有落日间变换的帆影

真实如同一行行诗句

时间又过去了六百多年

追着它的昔日之光，有人走遍了它的大街小巷

此刻，这座更名为巨港的大型港口

正值早晨，有着喧闹到来之前

难得的宁静

而他寻找的，却是它曾经的黄昏、郊野和忧伤

注：巨港，原称旧港，又称巴邻旁。是印度尼西亚南苏门答腊省省府，苏门答腊岛南部最大港口与贸易中心，跨穆西河下游两岸市内水道纵横，有"水城"之称。巨港是印尼第四大商埠，商贸发达，与 70 多个国家和地区有贸易往来，与中国的贸易额保持在前 10 位。公元 7 世纪为室利佛逝王国发祥地，也是中国明代行政机构旧港宣慰司政府驻地后来旧港宣慰司，被满者伯夷帝国摧毁。1613 年，亚齐苏丹国苏丹伊斯坎达·穆达向苏门答腊岛中部的德马克苏丹国发起了进攻，攻克了其都城旧港，迫使其屈服（穆西河战役）。17 世纪荷属东印度公司在此开辟贸易商站，建立堡垒。

新加坡

一个由小渔村长成的都市

这符合所有港口发育的规律

与其他港口不同的是，它刻意压缩了自己的年龄

在它城市的街头，竖着一位后来者的雕像

白色的大理石，双手叠叉，脚下是世界地图

但这其实是一座赝品，真实的黑色铜像

安置在维多利亚纪念堂前

十九世纪，英国人莱佛士"发现"了新加坡

事实上它的历史更加久远

梵语传说中的狮子城

《马来纪年》里的室利佛逝国

中国明代文献里的淡马锡、马六甲苏丹王国

只有莱佛士从他位于居所的木屋窗口

看到了这座港口的今生来世

一开始就被定位为自由港

马来船、中国帆船、阿拉伯商船以及布吉人的

皮尼西自由穿梭

如今它是世界级的大港

居民主要由华人构成，有一部分马来人、印度人的后裔

和少量泰米西人，讲当地的方言

英语是官方行政语言

每当月圆之夜

许多人会用汉语背诵海上生明月天涯共此时

注：新加坡，旧称淡马锡、新嘉坡、星洲或星岛，别称为狮城，是东南亚的一个岛国。位于马来半岛南端、处在马六甲海峡东口，由新加坡岛及附近63个小岛组成，新加坡总人口约564万（2022），以华人、马来人、印度人为主，8世纪属室利佛逝王朝，18—19世纪是马来柔佛王国的一部分。1819年，英国人史丹福·莱佛士抵达新加坡，与柔佛苏丹订约，设立贸易站。1824年，沦为英国殖民地，1942年被日本占领。1945年日本投降后，英国恢复殖民统治，次年划为直属殖民地1959年实现自治，成为自治邦。

斯里兰卡

斯里兰卡

当我说出这个词

舌尖上散发出一杯乌瓦红茶的甜香

而舌根下，有着印度洋上海风的咸涩

斯里兰卡

第一株茶树据说来自古老的中国

锡兰山上的碑文，见证着一只东方船队的和平之旅

在此之后，却陷入了殖民者漫长的争夺

斯里兰卡

印度洋的一滴眼泪，光明富庶的土地

饱受战争和殖民摧残的蒙尘之珠

斯里兰卡

昙摩和法显，开启了两个古老国度最初的交流

佛教之蓝和红茶之红

共同捧出一盏精致的茶器

斯里兰卡，中国典籍里记载的狮子之国
两千年后，一头名叫米杜拉的小象
续写了两个古老国度的友谊

注：斯里兰卡，南亚次大陆以南印度洋上的岛国，盛产红茶和宝石。斯里兰卡在中国典籍中史称师（狮）子国或僧伽罗国。公元 410 年，晋代高僧法显赴斯游学，取回佛教经典并著有《佛国记》一书。明代航海家郑和下西洋时多次抵斯。15 世纪，斯一王子访华，回国途中在福建泉州定居，被明朝皇帝赐姓为世，其后代现仍在泉州和台湾定居。斯沦为西方殖民地后，中斯关系一度中断。1950 年斯里兰卡承认新中国，1957 年 2 月 7 日两国建交，中斯一直保持着友好关系，高层往来不断。

西贡印象

我从一本旧小说里认识了

它似乎有着叶芝诗意般的开头

让我尚处懵懂的年华，一下子

就看到了爱情的暮年

西贡的灯火惝恍迷离

仿佛晚年杜拉斯眼底的幻影

对于一段仓促开始、注定没有归处的爱情

战乱是最好的背景也是最好的借口

年轻（哦不——，应该是年幼）的简

瞳孔湛蓝带着法兰西的单纯和忧郁

富家公子东尼，他的眼神像湄公河底部的水色

让人无法看透

他们的爱情也是，混合着多种咸淡不一的成分

仿佛湄公河水浑浊不堪

而阳光却为它镀上了玫色的金边

这是爱情也是命运的底色

像湄公河的河水

在命定的流进大海的时刻戛然而止

然后就是南太平洋、印度洋和大西洋般渺茫的烟波

他们是小说里的简和东尼

也是真实的杜拉斯和李云泰

也是我们看到的银幕上的珍·玛奇和梁家辉

三组不同身份的人，在不同的时段

以不同的方式参与了同一件事情

多么奇妙，三组不同的爱情

在不同的时空景深里闪烁同一种光影

是的，他们的容颜各异

情人的身份各异

但眼中爱情的底色大致相同

仿佛"黄昏的落日再次停到了湄公河面"

短暂、稀薄但圆满

注：西贡，胡志明市旧称。是越南最大的港口城市和经济中心，湄公河穿境而过。杜拉斯小说《情人》故事发生的背景城市。"西贡"一名，大约在明初才出现。从明成祖永乐三年至宣宗宣德八年，明朝曾派遣郑和七次下西洋。在这七次下西洋后，不少东西亚、中东沿海、东非等国家也向明朝进行朝贡或贸易，而在当时，西贡便是西来朝贡船只停泊的一个港口，久而久之，这里就被称为"西贡"，有"西方来贡"的意思。

巴士拉

文明的泉眼。幼发拉底河和底格里斯河在此交汇
带来了一片沙漠中的绿洲
高大的椰枣树垂下浓荫
护佑着夏日里的城堡

巴士拉，一条自中国开启的航海水道
遥远的尽头
公元 761 年，重获自由的杜环
在此踏上返程之旅
十多年后，传说中的辛巴达
由此开启了他的七次航海冒险

据说他们最后都抵达了海道的另一头
一座东亚海岸线上的煌煌大城

而巴士拉，时光的海岸线一退再退
因为兵燹和连续的制裁

昔日的东方威尼斯，已成干渴之城

巴士拉，在它的一座博物馆内
我见过一只当地工匠模仿唐代工艺
烧制的蓝钴釉盘
它边缘的青花像凝固的波浪
两种古老文明奇妙的融合

注：巴士拉为伊拉克巴士拉省省会，位于底格里斯河和幼发拉底河交汇的夏台·阿拉伯河西岸，南距波斯湾 55 千米，是伊拉克第一大港及第二大城。建于 635 年，曾被战火摧毁，891 年被重建，之后逐渐成为文化和贸易中心。中国古籍《太平寰宇记》、《四夷路程》等对巴士拉均有记载。传说中辛巴达航海的首发之地。

吕宋岛

太平洋西岸，随手撒下的一串汀步石一样的岛屿
吕宋是其中最大的一块
让巨人之足一步步走向大陆
而我关注的，并非它迷人的百胜滩、塔尔湖
也不是壮观的马荣火山和巴那威高山梯田

从永乐三年开始的一支船队
像一枚枚针来回穿梭
把一片古老大陆和众多的海岛连缀在一起
继而连通了它通往东洋、西洋
以及另一片古老大陆的航线

番薯、土豆、玉米、烟草
一些来自南美的神奇物种就这样漂洋过海
在吕宋岛，完成了它们进入中国的最后一跃
数世纪后，一位伟人说：
辣椒领导过一次蔬菜革命

而事实上，革命的不仅仅是辣椒

"万历番茄始入闽，如今天下少饥民"

番薯土豆和玉米

结成的联盟，让一个农耕民族的人口

获得了空前的暴增

而一支淡巴菰缭绕的烟雾

进入了世界的喉咙，让一个感人肺腑的成语

有了扎实的物理学支撑

而它柱状、修长的身材，比众多钢筋

更顽强地支撑起了一个国家的经济

注：吕宋，菲律宾北部的岛屿，盛产水稻和雪茄，菲律宾首都马尼拉位于该岛。吕宋是菲律宾三大政区之一。宋元以来，中国商船常到此贸易。《东西洋考》和《明史·外国列传》等均有专条记述。明之吕宋有大吕宋和小吕宋之称：自 1571—1898 年吕宋岛为西班牙侵占，故《海录》译作小吕宋，而以大吕宋称呼西班牙统治的整个菲律宾。番薯、辣椒、烟草等重要作物都是经吕宋传入中国。

摩洛哥

非洲花园。"自由的源泉和光明的源头"

大海与沙漠共同孕育的娇子

柏柏尔人的家园，先后被罗马人、汪达尔人

阿拉伯人、法国人和西班牙人占有

留下古老的卡斯巴乌达亚城堡、拉巴特王宫和

遍地的清真寺

如同高耸的宣礼塔勾勒出的四大皇城的轮廓

在美杜莎咒语里化作山脉的阿特拉斯

勾勒出蜿蜒峡谷和陡峭悬崖

那里，有另一个摩洛哥

被穿越撒哈拉沙漠的商队和祈祷声环绕

被船只、钟声和蔚蓝色包裹

穿过地中海和大西洋的粼粼水波

它的孩子伊本·白图泰回来了

带来了 600 位异邦女性

和有关东方的瑰丽想象

更早的八世纪，一位唐朝男子

用一部《经行记》留下了对它的描绘

摩洛哥，地中海和美名的守门人

被康乃馨和海浪簇拥

"吹过它的清风有光明和火焰相投"

蔚蓝海岸上矗立着一座白色之城

却在二十世纪四十年代，陷入重重谍影

而我，更习惯穿过它同名歌曲的旋律

去寻找一段不朽的爱情

　　注：摩洛哥，非洲西北部的一个沿海阿拉伯国家。摩洛哥位于非洲西北端，东接阿尔及利亚，南部为撒哈拉沙漠，西濒浩瀚的大西洋，北隔直布罗陀海峡与西班牙相望，扼地中海入大西洋的门户。摩洛哥最早的居民是柏柏尔人，公元7世纪阿拉伯人进入，逐渐成为主要居民。摩洛哥历史悠久、风光优美。阿特拉斯山脉绵延境内，著名的卡萨布兰卡为其第一大城。其他著名城市有首都拉巴特以及菲斯等四大皇城。北部海港丹吉尔是著名旅行家伊本白图泰的故乡。部分学者认为唐代著名旅行家杜环所注《经行记》中摩邻国即为摩洛哥。

达累斯萨拉姆

和平之港

十五世纪，一支来自东方的大型船队

所抵达的最远的站点

它曾经的荣光在六百年后，再次被来自东方的

奥运圣火点亮

达累斯萨拉姆

濒临非洲东海岸的圆环之都

印度洋的万顷碧波推高了乞力马扎罗的山顶

它终年积雪的山谷冰层里

长眠着一只豹子

它广袤海岸冲出的

白色沙滩上，波浪翻出神秘的青花瓷碎片

它们，和珍藏于博物馆中的明代宝船图

共同构成了它久远历史和神秘文化的重要部分

达累斯萨拉姆

每到夜晚，潮湿的海风中就会传来大型风帆的响动

它回响的和平之声

随着坦桑铁路的双轨向非洲大陆纵深之处延伸

注：达累斯萨拉姆，在斯瓦希里语意为"平安之港"。坦桑尼亚原首都，第一大城市和港口，全国经济、文化中心，东非重要港口，是"海上丝绸之路"沿线城市。我国明代郑和下西洋曾经到过这里的沿海地区。达累斯萨拉姆也是北京奥运会火炬传递途经的唯一非洲城市。

蒙巴萨

一部《走出非洲》的电影让我认识了它

凯伦·布里克森自此踏入东非之旅

之后，是来自美国的海明威

更早时期，阿拉伯人、奥斯曼土耳其人和葡萄牙、德国

以及英国人先后到来

他们带来的战争的烟尘逐渐散去

一座座带着异域气息的

建筑开始野蛮生长，切割着一座海岛上破碎的天空

蒙巴萨，阿拉伯人、班图人和印度人

带来的混血之城

它狭窄街巷里挂着铁锁的木雕之门

锁着多少无法开启的秘密？

它宽阔大街上相互交叉的巨大的象牙雕塑

见证了多少潮汐翻涌

蒙巴萨，战争之岛，记忆中

一支东方船队带来的却是珍贵的和平

蒙巴萨，一部东方游记中的慢八撒

在历史的缝隙中，的确拥有过一段宁静、缓慢的时光

海风掠过，葡萄牙人修建的耶稣堡里

展出着来自中国的瓷器

它们持续闪烁的辉光，在数个世纪后

终于有了回应：当又一阵海风吹过它崭新的码头

两条伸向内罗毕的巨大铁轨

接替一根蓝色琴弦

将用斯瓦希里和汉语，弹响更为强劲的旋律

注：蒙巴萨港，位于肯尼亚东南沿海的蒙巴萨岛上，有铁路桥与海堤和大陆相连，濒临印度洋的西侧，是肯尼亚的最大港口，也是东非的最大港口之一。21世纪海上丝绸之路开启以来，来自中国企业承建蒙巴萨通往首都内罗毕的铁路和油码头。蒙内铁路项目建成后，极大改善了肯尼亚交通面貌，带动了经济发展。油码头项目建成后，将使蒙巴萨油码头成为肯尼亚首座具有国际领先水平的现代化油气装卸码头，大幅提升蒙巴萨港油气中转能力，为肯尼亚乃至整个东非地区经济发展注入强大动力。

帕泰岛

偏向东北的墓穴朝向，零星的明代永乐官窑瓷器

以及当地土著口语里间或夹杂的

简单的汉语发音

让一座非洲小岛显示出了异乎寻常的一面

而六百年海浪的翻译，让一段历史变成了

扑朔迷离的传说：

一支远涉重洋而来的大型船队

一场不期而至的风暴，让其中的一艘

倾覆在了拉姆群岛的某处海底

侥幸逃生的黄皮肤水手

将余生的光阴，永远留在了陌生的群岛

六百年，异域的骄阳逐渐烤黑了他们的肤色

被海水反复漂洗的嘴唇，逐渐失去了乡音

沉重的墓碑，压住了沉默的乡愁

只有大海的涛声在替他们欲说还休

把蓝色的波纹压进了代代相传

永不褪色的青花瓷里

如今，这座拉姆群岛中最大的岛屿，像一条

重新浮出水面的沉船

而一条从东方伸出的蓝色丝带

将再次穿针引线，除了修补断裂的乡愁

还将绣出两个国度

以及两座大陆之间更为绚丽的锦绣前程

  注：帕泰岛是肯尼亚拉穆群岛中最大的一个岛屿。据当地人传说，600年前一艘中国商船在拉穆附近海域触礁沉没，船上20多人为了求生，爬上了帕泰岛，并来到了岛上的上加村。17世纪，上加村毁于部族争斗，遗憾的是，许多中国人在此定居的物证损毁殆尽。中国水手的后裔们远走他乡，有的迁至遥远的非洲大陆，有的迁往距上加村10公里外的西尤村。在西尤村外有一处十分奇特的墓地，和穆斯林的墓地差异很大。它没有朝向西北方的麦加圣地，而是朝着东北方向的中国。它也没有穆斯林墓地的石柱和阿拉伯铭文，取而代之的是镶满墓壁的美丽的中国瓷器。遗憾的是，墓壁上的瓷器大都被盗。帕泰岛人烟稀少，岛上庄稼地很少，岛民主要是以出海打鱼为生，但有资料说，该岛上的居民曾经长期养蚕织丝，而这些技术很有可能源于中国水手，只不过几十年前因为手艺失传丝织业渐渐在当地消失。当地还有人姓万（Vae），不过几年前搬离了帕泰岛。在帕泰岛，其被称作"瓦上家"人，这是拉穆群岛居民对中国水手后代的独有称呼，

当地斯瓦希里语的意思是从上家来的人。当地历史学家怀疑"上家"（Shanga）这个名字来源于中国的上海。

吉布提

一枚棋子

钦在非洲之角曼德海峡的咽喉处

战事即棋局但棋局

并非皆为战事

十五世纪，一支自东而来的庞大船队抵达它的港湾

它带来的不是兵燹

而是如红海落日般壮丽的旗幡和丝绸

五百年后，一支和平之师再次抵达

仿佛一部史诗里的宏大叙事

两条精彩的线索隔空相交

它弹响的，仍旧是和平、平等、团结的旋律

吉布提，非洲之谷

阿萨尔湖泊盛满盐粒也盛满苦难

狭窄的海面上，随潮汐动荡的

有月光也有野心

六百年前它见证过一支和平之师的真诚和友谊

六百年后，它见证一艘同名舰船护航、维和

和人道主义救援的能力

也见证一个东方大国走向深蓝的智慧和勇气

注：吉布提，非洲国名。地处非洲东北部亚丁湾西岸，扼红海进入印度洋的要冲曼德海峡，东南同索马里接壤，北与厄立特里亚为邻，西部及南部与埃塞俄比亚毗连。吉布提战略位置极其重要，境内有美军在非洲最大的军事基地、法军在海外最大的军事基地。据相关记载，郑和下西洋期间曾在吉布提停泊补给。

霍尔木兹海峡·阿巴斯

想象一座城市港口。想象那里的苏美尔人和阿卡德人

时代乐园般的市集

琳琅满目的香料、珠宝、织物和象牙贸易

想象它阿巴斯王朝时期的酒馆、街巷

想象蒙面的黑衣妇女露出的

两只黑色、忧郁的眸子

想象它的花园

到处都有的迷宫似的清真寺

想象清真寺的圆形金顶

金顶上的一弯新月

想象它礼拜天深远的宣礼声

在海面上引起的波动

想象它上面倒映出的无数的脸孔、建筑

它今天海面上

变幻不定的光影

隐藏在水底的暗礁、潜流、一触即发的局势

想象十五世纪忽鲁谟斯时代海面的平静

想象日落时分的船头站立着的一个身着汉服

身材伟岸的男子，想象他礁石般的剪影——

他眺望波斯海湾时

同样迷离、忧郁的眼神

卡住霍尔木兹海峡的

落日的药丸同样卡住了他欲说还休的喉咙

注：霍尔木兹海峡位于亚洲西南部，介于伊朗与阿拉伯半岛的阿曼角之间，东接阿曼湾，西连海湾（伊朗人称之为波斯湾，阿拉伯人称之为阿拉伯湾），形似人字形，是波斯湾通往印度洋的唯一出口。霍尔木兹海峡自古就是东西方国家间文化、经济、贸易的重要交通枢纽。十五世纪郑和下西洋多次驻泊于此，并派遣随从朝拜麦加。进入现当代以来，在海湾地区成为世界石油宝库之后，该海峡是波斯湾石油通往西欧、美国、日本和世界各地的唯一海上通道，因此有"海湾的咽喉"之称，始终为国际霸权主义者所觊觎。

第五辑

人物篇

甘英

有人发现了我，从史册隐秘的一角
我曾代表一个东方国度
去触摸一个世界的边际，它似乎
并不像《山海经》里的描述
一段凿空之旅

当我抵达条支国的西海边，安息人用一段
古老的海上传说劝退了我
我错过了后来人们所说的欧洲
直到七百年后
才有人弥补我的遗憾

若干年后人们才明白
阻隔东方和西方的
并非只是一道红色的鸿沟
真正的海妖并非塞壬，而是人心里的欲望

很久以后的你们，也许很难理解

我们苦苦探知的世界的艰难

当你们

转动着地球仪，看着我们像蜗牛一样

小心翼翼地蠕动，试探

但不妨想象一下，在你们生活的时代，

但你们穷尽想象试图触摸

宇宙边际之时

是否会有人（也许是神？）

正在盯着眼前的一小片星云、一条几乎看不见的恒星带

和一粒几乎像尘埃一样的星球

试图理解你们困境中的探求

注：甘英，东汉人。和帝时，为西域都护班超属吏。永元九年（97年）受遣使大秦（罗马帝国），至条支国西海（今波斯湾）受阻返回。遗憾错失发现欧洲的机遇，也使得中国人西进的步伐停滞在两河流域近700年之久。但甘英作为汉朝最早到此地的使者，归言山川形势，丰富了中国对当时中亚的认识。

法显

我去过最遥远的陆地，也见过最广阔的海洋
我见过大漠的荒凉和大海的平静
一块礁石
为平常的落日平添了雄浑的背景

我从陆地进入西域然后继续向西
沿途经过了 30 余个国度
在宿呵多，我拜谒了尸毗王割肉贸鸽的古塔
在那竭国，我曾寻访过如来佛的顶骨精舍
最后在狮子国，我暂时安顿下来，研习心仪的佛法
终其所能我都在设法求得真经
但我并未获得醍醐灌顶般的领悟

我在一个信风吹拂的季节踏上了回返的海路
伫立在陌生的船头
我看见那些被我用视线攥住的鸥鸟
上下翻飞，把天空和大海缝在一起

让高蹈的精神和脚下的深渊产生了互文

我忽然相信，宗教也从这里诞生

十四年。和我同行的人，有些死在了途中

有些，选择了客居异国他乡

只有我，独自在暮年出行，在更晚的暮年

回到了故乡

陪伴我的锡杖

仿佛一根被海风吹白的鲸骨

注：法显，后秦、东晋高僧，杰出的旅行家和翻译家。公元399年，65岁的法显西赴天竺寻求戒律。他从长安出发，经西域至天竺，游历30余国，收集了大批梵文经典，前后历时14年。东晋义熙七年（411年）八月，法显完成了取经求法的任务，坐上一艘印度商船循海东归，义熙九年于山东青州登陆。法显是中国经陆路到达印度并由海上回国而留下记载的第一人。他还参加翻译从天竺取回的佛经《摩诃僧祇律》、《大般泥洹经》等经典，又以自身经历完成《佛国记》（又称《法显传》、《佛游天竺记》、《历游天竺记传》）等作品。《佛国记》不仅是一部传记文学的杰作，而且是一部重要的历史文献，是研究当时西域和印度历史的极为重要的史料。此外，《佛国记》也是中国南海交通史上的巨著。中国与印度、波斯等国的海上贸易，早在东汉时期已经开始，而史书上却没有关于海风和航船的具体记述。《佛国记》一书对所经中亚、印度、南洋约30国的地理、交通、宗教、文化、物产、风俗乃至社会、经济等都有所述及，

是中国和印度之间陆、海交通的最早记述，中国古代关于中亚、印度、南洋的第一部完整的旅行记。法显将佛教文化引入中国，对中国历史、文化产生很大影响。南沙群岛有法显暗沙以示纪念。

那烂陀寺的菩提

那烂陀寺菩提树上的叶子再次飘落的时候
我才惊觉，来到这里已逾十载
尽管菩提叶年年飘落，但同时又不断长出新枝
仿佛绵绵不尽的佛法，让我忘记了时间的存在

但这一次
我知道到了该告别的时刻
昨天已经向我的导师宝师子辞行
不久前也向智月禅师作了道别
（他也是我年轻时就仰望的玄奘法师的导师）
我知道佛门之人本应四大皆空，但仍旧不免伤感
这也许是我不远万里来到那烂陀寺的意义：
以己之苦厄度人之苦厄

相对那烂陀寺浩如烟海的经卷，我的所学仅有沧海一粟，
但已超过了许多人
相对无边的佛法，即使最饱学者也极其有限

人生代代无穷已

会有更多的僧众去参习它们，漉囊护生

是到了告别的时候了，好在我已经有自己明确的方向

在遥远的东土

我将完成自己的宏愿

就像那烂陀寺的菩提树，它来自菩提迦耶

它的母树就是荫翳过佛陀的那棵，也早已消失不见

有一天甚至这座世上最大的寺院也会消失

毁于战乱、兵燹

但从它身上抽出的枝条

会在别处开枝散叶

而一株来自锡兰的子树，将会回到自己祖先

出发的地方

回到那烂陀寺，替后世的僧侣垂下它新绿的枝叶

注：义净法师（635—713），唐齐州（今山东济南）人。一说范阳（今北京城西南）人，俗姓张，字文明，唐代译经僧人。于咸亨二年（671年）经由海道（今广州），取道海路，经室利佛逝至天竺（今印度），一一巡礼鹫峰、鸡足山、鹿野苑、祇园精舍等佛教圣迹后，往那烂陀寺勤学11年，后又至苏门答腊游学7年。历游30余国，作传40条寄归。返国时，携梵本经论约400部、舍利300粒至洛阳，敕住佛授记寺。曾参与实叉难陀译场。旋在长安、洛阳主持译事，为中国佛教著名翻译家之一。

共译经、律、论61部，239卷。

　　菩提迦耶，在印度教圣地瓦拉纳西东南200公里，迦耶城附近。据说释迦牟尼佛来到一棵毕钵罗树下，经跏趺坐静思冥索，最后终于觉悟成佛。从此毕钵罗树就被称作菩提树，而这个地方就被叫作菩提迦耶。公元前3世纪，阿育王的妹妹砍下了圣菩提树的一棵树枝，将其带到了斯里兰卡并种植成活。后来位于菩提迦耶的圣菩提树在阿拉伯人入侵印度时被毁，斯里兰卡的菩提树便成了维系佛祖渊源的"血脉"。在印度佛教圣地所植的菩提树，包括佛祖打坐原址菩提迦耶的圣菩提树，全部由斯里兰卡的菩提树嫁接而来。

鉴真东渡

我注视着地图上一湾浅窄的海峡

海峡两端，似乎只在咫尺之间，但却让他

足足花费了十年时间，历经六次磨难

最终才度过了它，并且为此

付出了失明的代价

但这并不影响他一生行状的光亮

在陌生的异域，他持戒修行，广结善缘

除了复兴佛教，他还传授医药、建筑、雕塑、书法

以及饮食、酿造、豆腐制作……

在他故后，他被尊为众多行业的初祖

他的干漆生像成为日本国宝

相对他被赋予的众多称呼，我更愿意将他视作

一位淳朴的农夫，在异域的原野里播种

他笃信没有不适合播种的土地

他笃信种下的善因，必将结出善果

并且开枝散叶，反哺母土

作为可供佐证的一个细节是：他曾欣赏过的一首
日文诗歌：山川异域，风月同天
在一千多年之后，伴随着一批捐助物资
出现在了他的故国
一座饱受疫情蹂躏的城市

注：鉴真，唐代高僧。俗姓淳于，14岁时在扬州出家。刻苦好学，中年以后已成大德。公元742年（唐天宝元年），应日本僧人邀请，先后6次东渡，历尽千辛万苦，终于在754年底到达日本，随身带去了大量书籍文物。留居日本10年，传播唐朝多方面的文化成就。同去之人，在艺术、医学领域多有造诣。他们也把自己的所学用于日本。鉴真根据中国唐代寺院建筑的样式，为日本精心设计了唐招提寺的方案，建成后成为日本著名的佛教建筑。他去世后，弟子们干漆夹苎法为他制成的生像成为日本国宝。

杜环:《经行记》

如同后世一位诗人所言

饱含记忆的嘴唇与你相似却又独特不同

我将这样开始我的讲述:

我见证了唐朝的衰落,一条道路

的消失和另一条道路的开启

当渔火代替了马灯,螺号代替了驼铃

一望无际的波涛代替了沙丘的绵延起伏

在一场著名的战役之后,我曾目睹马蹄腾起的烟尘

淹没了城堞,大唐王朝的版图碎叶般飘零

然后我看到一弯新月

长久地统治了西域的上空

作为一名战俘,在中亚漫长的流离期间

我曾看见大唐的画匠、金银匠

以及绫绢织工充斥在都亚俱罗的街头

我见证了书写过王朝荣耀的纸张,取代了中亚的羊皮

和来自埃及的纸草,书写着异域的历史

从撒马尔罕到大马士革到开罗,我一路向西

最终抵达遥远的摩邻国，就是后来你们知道的非洲

后来我渡过了海洋。有生之年所幸之事

就是一个被西域烟尘掳掠的人

乘着波涛又回到了故土

相对我经历的那些神迹，我更坚信文字的力量

于是就有了《经行记》的写作

而不幸之事在于，在一个大陆国度，随着时间的推移，

我的著述，大都化作了印度洋上远逝的波光

我所经行的见闻，很多世纪之后

已经很少被人们谈起

注：杜环，又称杜还。襄阳郡（今湖北襄阳）人，生卒年不详。唐朝天宝十年（751年），随高仙芝在怛逻斯城（又名呾逻私城，今哈萨克斯坦江布尔）与大食（阿拉伯帝国）军作战被俘，其后曾游历非洲埃及等国，成为第一个到过非洲并有著作的中国人。宝应初年（762年）乘商船回国，写了《经行记》一书，惜已失传，惟杜佑的《通典》(801年成书）引用此书，有1500余字保留至今。《经行记》是中国最早记载伊斯兰教义和中国工匠在大食传播生产技术的古籍，还记录了亚非若干国家的历史、地理、物产和风俗人情。

马苏第

在中国听过一场音乐会，便不可救药地
迷恋上了这个古老国度

不满足于道听途说
操着同样古老的波斯语
花了多年时间，走遍了中国的大江南北

旅行途中，对中国纸币、铜钱产生浓厚兴趣
继而对它的政治经济社会生活
和宗教礼俗有了全面了解

由此，阿拉伯旅行家马苏第，进入了一个更辽阔的疆域
中东、西亚、南亚和非洲东海岸
他用自己的双脚，校正了托勒密的世界地图
也让一句中国古训变成了
实实在在的人生指南——

读万卷书不如行万里路，也许还要再加上著万卷书

如此人生才算圆满

至于最终的归宿

和他自己的生卒年龄一样，模糊不清

如同他后来的同道伊本·白图泰所言

不要问我的墓地在哪里

要问我的心葬在哪里

马苏第

一个不为人知的世界级旅行家，博物和历史学者

最终葬在了传说中的佚闻野史里

却在口口相传的讲述中生生不息

注：马苏第（?—956，一说957年），阿拉伯旅行家。游历过中东、西亚、南亚和非洲东海岸。一生著书20多部，主要著作是世界历史巨编《历代史》和编年史《中书》，以及浓缩这两本书写成的《黄金草原和宝石宝藏》，记述了非伊斯兰教地区（如印度、希腊、罗马）的历史、地理、社会生活和宗教等。对托勒密的世界地图作过订正。

马可·波罗

他改变了整个西方对于世界的认知
一个旅行家，一个文盲
用晚年口述的一本奇书
打开了整个欧洲对于东方一个古老国度的想象

一个威尼斯商人的儿子
跟随父亲跋山涉水，远渡重洋来到一个东方国度
在那里，他居然成为皇帝的密友和朝廷的官员
用十七年走遍元朝的疆域

在卡尔维诺的笔下
他为拥有世界上最大疆域的一国之君
虚构了沿途的一座座看不见的城市
但"事实上，他讲的每个城市都包含了一点威尼斯"

没有一座城市是相同的
但所有的城市如此雷同

它界限不明的边界，它无序和混乱的中心

而在晚年，他用口述，重新建造了一个想象中的国家
它城垣高筑的上都
它辽阔的疆域
它的梦幻般的东方大港

这些究竟是他的经历还是想象，直到今天似乎
仍旧是一个谜团，一个问题
但毫无疑问的是，有些真相并不需要存在理由
有些事实并非依靠逻辑来支撑
有时候世界
仍需要谜团和想象来推动

注：马可·波罗（1254 年 9 月 15 日—1324 年 1 月 8 日），出生于威尼斯一个富裕的商人家庭，意大利旅行家、商人，代表作品有他本人口述，鲁斯蒂谦记录整理的《马可·波罗游记》。目前学术界对马可波罗是否到过中国仍旧存疑。

伊塔洛·卡尔维诺（1923 年 10 月 15 日—1985 年 9 月 19 日），意大利当代作家。主要作品有小说《分成两半的子爵》、《树上的男爵》、《不存在的骑士》等。《看不见的城市》是卡尔维诺创作于 20 世纪 70 年代的哲理小说。通过描写马可波罗到达已经年老的忽必烈大汗的皇宫中，向大汗讲着他在中国所见到和游览的城市的故事表达马可或者说作者卡尔维诺本人对"城市"的理解。

阔阔真

正如你们后来所知，在那个年底，我接受了我的天命

成为世界上走过最长水路的女人

1291 年，我从刺桐港出发，踏上通往伊尔汗国的

和亲之旅。我被赋予公主身份，但并非大汗的女儿

而其中真相，命运并不允许我说出

前往伊尔汗国的水路道阻且长

印度洋上空的灼热

以及风暴带来的颠簸让我痛苦不堪

而很多年后我才明白，相对我后来的经历

这些路途尚算平坦

经过两年多的艰难跋涉，我终于抵达了伊尔汗国

命运似乎和我开了个玩笑：

伊尔汗国可汗，我的夫君已成亡人

按照惯例，我将嫁给亡夫之弟，新任的可汗

但他却命我嫁给亡夫之子

于是我不得不再次踏上遥远的征途。终于

在陌生的阿卜合儿完成了我的使命
至于我后来的遭遇，史书上语焉不详
那不过是一个普通妇女的命运，已经不值一提

有关我的故事，尚可补叙一笔：
护送我和亲的随从之中，有个名叫马可·波罗的番人
据说来自更远的国度
在居留我们这个庞大王朝十九年之后
终于借助护送我远嫁之机，踏上归国的旅程
他将在后来的日记中，提到此次和亲
我和他短暂的邂逅，以及我本人的遭遇
以此佐证，漫长历史中，确实曾经存在过
一个名叫阔阔真的幸运
或者不幸的女人

注：阔阔真，蒙古卜鲁罕部女子，伊儿汗国合赞汗王后。目前已知的人类历史上嫁的最远的女性。元时期蒙古皇族和卜鲁罕部，弘吉剌部等部族世代联姻，伊儿汗国是元世祖忽必烈的弟弟旭烈兀的封地，所以伊儿汗国虽远在西亚，王后也必须是卜鲁罕部女子。伊儿汗国阿鲁浑汗（1258—1291年在位）的妃子卜鲁罕1286年去世。遗言非本部落之女不得继承其后位。于是阿鲁浑派遣使者前往大都请元世祖选赐前妃同族之女为妃。1290年，元世祖忽必烈下令赐婚卜鲁罕部女子阔阔真于伊儿汗国可汗阿鲁浑。当阔阔真历时两年多于1292年年底抵达伊儿汗国时，

阿鲁浑已经于 1291 年去世。新继位的可汗阿鲁浑之弟乞合都下令阔阔真转嫁阿鲁浑之子合赞。1293 年八月，阔阔真在阿卜合儿嫁给了阿鲁浑的长子合赞。合赞于 1295—1304 年为伊儿汗国可汗。

伊本·白图泰

十四世纪平行世界的穿行者

一个精通穆斯林律法的摩洛哥柏柏尔人

拥有罕见的超长姓名

然而更长的是他走过的路途

20 岁，踏上前往麦加的朝圣之旅，由此开启

长达 75000 英里的漫长征途，足迹遍布欧亚非三大洲

1354 年进入中国，对泉州、杭州风物极尽赞美

对纸币显示出了极大的兴趣

伊本·白图泰，一个在他那个时代

到过最多国度的人，有幸见到过世界七雄中的六位

但对于后世而言，真正的意义

来自他旅途中的见闻：作物、风土、人情，他让我们

知道了在那个特定时期

不同空间里的人们的生活以及相互之间有限的交流

伊本·白图泰，一个几乎走遍全世界的人

到了晚年却发现，故乡成为他有生以来最难抵达的地方

因为黑死病，他的父亲病逝于大马士革

而当他几经辗转回到丹吉尔，母亲却于数月前离世

有关大旅行家伊本·白图泰，尚有几则轶闻可供补充：

这个来自摩洛哥丹吉尔的柏柏尔人

精力充沛，一生出游，顺便将基因洒遍了三大洲

他在突尼斯的斯法克斯拥有了第一位新娘

然后在德里、马拉巴尔海岸、大马士革、布哈拉

和马尔代夫不断结婚生子。最后一次

旅途归途中，他带回了 600 位女奴

场面蔚为壮观

然而吊诡的是，在自己的故乡丹吉尔

他却没有留下任何子嗣，也没有墓葬

包括他本人，甚至连一张真实的画像也没留下

但这并不影响他在故乡获取的巨大声誉

有关他三次出游和离世之谜

我欣赏这样的两句话：

"不要满足于道听途说，要用足迹去丈量世界；

不要问我的墓地在哪里，要问我的心在哪里"

注：伊本·白图泰，全名阿布·阿布杜拉·穆罕默德·伊本·阿布杜拉·伊本·穆罕默德·伊本·伊布拉欣·赖瓦蒂·团智·伊本·白图泰。摩洛哥穆斯林学者，大旅行家。1304 年 2 月 24 日，出生于丹吉尔的一个柏柏尔人家庭。20 岁左右时，他出发去麦加朝圣，从此开始，他踏上了一条长达 75,000 英里的旅途，经过了现44 个国家的国土。回到丹吉尔之后，摩洛哥苏丹派一位学者记录下了白图泰的叙述，将其命名为《伊本·白图泰游记》。

汪大渊

我曾 2 次出航，在海上漂泊了 8 年

我到过东洋、南洋和西洋

我去过很多陌生的国度

也见过众多奇异的风土人情

我见证了青花瓷在加里纳和天堂的贸易

这些，你都能从《夷岛志略》中看到

我为什么会选择航海？我并不想语焉其详

这也许是一个谜团，也许是我的宿命

这些，你可以从我的名字和叫"焕章"的字中去推敲

"道不行，乘桴浮于海"

我之前的先贤如此感慨

而我的想法也许更加简单：

"世界那么大，我想去看看"

我曾在红海西岸登陆，造访过埃及和索马里之南

经地中海到达大西洋

后来我还曾跨越赤道去了大洋洲

当然，这些地名都是后来的命名

因为缺少地图，我与欧洲遗憾擦肩而过

当我到达更加遥远的非洲，我发现

对于当地土著我的故国也是另一个远方

那里的人们也在好奇眺望：

大海的另一头究竟有些什么

由此你们应该能够猜测出我所有出行的意义：

我日日夜夜的漂泊之旅

与所有人对世界的好奇相同而并不一致

注：汪大渊 (1311—?)，元朝时期的民间航海家，字焕章。南昌人（今南昌市青云谱区施尧村汪家垄）。曾两次航海旅行。可能是最早到过南半球的中国人。第二次航海归来后，整理旅行笔记《岛夷志略》。分为 100 条，其中 99 条为其亲历，涉及国家和地区达 220 余个，对研究元代中西交通和海道诸国历史、地理有重要参考价值，引起世界重视。1867 年以后，西方许多学者研究该书，并将其译成多种文字流传，公认其对世界历史、地理的伟大贡献。西文学者称他为"东方的马可·波罗"。

组诗：郑和

宿命之蓝

从一出生，我就明白我的宿命
从色彩斑斓的云南，到蔚蓝的未知水域
一个不断提纯的过程
让我甘愿接受大海的淬炼

……二十八年。我已跨过了海洋
我的胸腔已被轰鸣、颠簸和剧烈的海风灌透
我已懂得礁石的沉默、落日的悲怆
大海平静中蕴含的力量

我跨过了海洋，仍未获得澄明之境
但我相信，正如我混血的生命
混合着不同的洋流和潮汐

那些在世界不同角落生活的人们
不同海岸、码头上明灭的渔火
都在渴望交汇、融合……

无论我们的皮肤是黄，是白还是黑
身体内都会有共同的轰鸣与喧响
当它们平静下来，我们都拥有相同的
暗蓝的血脉，一道秘密的航线

因为一代又一代人的远航
它的沿途布满渔火，继续照亮
一代又一代人的旅程

当它们在世界的尽头闪烁、消逝，我相信
它们还将在另一座大海再次诞生

赴身以海

我渴望你，如同港口渴望遥远的岸线
你将一种陌生的渴望交给了我
一任干渴的嘴唇嗫嗒着异乡的言辞

你已穿过我所有的生命，呼吸、循环
用你蔚蓝色的气息
直到你用死亡，那深蓝的风暴，将我吞没

然后，你用印度洋上吹拂的长风
皮鞭一样驱赶着我的灵魂

一次又一次，
我在惊涛中死去，又在海浪中重生

我见证了世界并且一再惊讶于它的奇异
在我之前，有很多人曾经目睹它
寻常又奇异的光芒

在我之后，将会有人在水中拣拾我的脚步
呼吸，嗫嚅的嘴唇将同样
吐出异域的口音

你将继续用曾经引领过我的那道蓝色的光
将遥远的岸线再次弹响

不知所终的旅行

我喜欢大海一望无际的蔚蓝
它的浩瀚、宽广和深邃
让我在远离它的时候，也能拥有相同的胸襟

我曾在胡拉莫斯海峡远眺一座神圣的光明之城
但我从未驶向那里
我知道我肩负的使命
大于宗教的信仰

我也曾在船尾久久凝视陪伴我们的鸥鸟

它们被劲利的海风撕扯，但并不远离

仿佛有一根看不见的线拽着它们

而我也攥着一根线

因为攥着这根线我就不会被拽到别处

是的，当我位于遥远的异国大陆

我发现我们拥有庞大版图的王朝

也只是一座孤岛

它和我抵达的地方互为彼岸

它们之间

同样连着一条若有若无的蔚蓝色的线

只有海水中的道路能把人送到远方

只有海水中的道路，能把世界连城一体

是的，只有置身其中

才能让人看清时间、历史、航向

以及早就预设的归途——

而所有的意义，就在于不停地航行

正如后人所言：所有伟大的征途

都有一个微不足道的起点

也有一个不知所终的

终点

时间的秘密花纹

如你所见，这里是我最后的锚点
通向它的 28 个台阶
浓缩了我 28 年的航海生涯

牛头山并不高，远远看过去，就像是一个码头
天气好的时候
依稀还能看到遥远的江面

如你所知，这里只是安放我衣冠的地方
有关我肉身的去处
已经成为时间里的秘密

有人在散佚的文献里，考证出了我的离世之地
是的，那是另一片汪洋
在那里，命运曾向我显示了
它蓝色、奇妙的花纹
我曾在那里树碑
而现在，那块石碑，成了我的墓志铭

——这是宿命

对于一个在海上漂泊的人逝于海上，是合理的
万物静默如迷
每一个人，都是一座迷宫

现在，我已经融合于那一片蔚蓝之中
不要试图去探寻
因为没有人能看穿大海
我们能够做的，就是再次启程
去打开它浪花翻卷的古老、又新鲜的第一页

注：南京市江宁区牛头山有郑和衣冠冢。由墓前台阶分四组
七层二十八级，象征郑和历时28年七下西洋。墓冢为衣冠冢，
非郑和真身。据考证，郑和于第七次下西洋返程途中于1433年
在古里（今印度）去世。真身葬于何处有多重说法。

古里，今印度科泽科德一带。郑和一下西洋，于此地立碑，
上书：其国去中国十万余里，民物咸若，熙皥同风，刻石于兹，
永示万世。

蒲寿庚

他们称我们为土生番客
作为一个色目人的后裔，比语言天赋更有利的
是我基因里与生俱来的经商意识

而比我经商的头脑更重要的
是我对政治敏感的嗅觉
十三世纪初，我的家族从广州举家迁往泉州
后来的事实证明这绝对是一次太过明智的选择

我的父亲曾做过泉州的小吏
而我全面承袭了他的优势
因为协助朝廷剿平了海寇
这使得我，一个色目人的后裔
成了执掌海防和贸易的
福建安抚使节兼沿海都制置使

景炎元年，我的权力达到顶峰

成为福建广东招抚使和总海舶司

很抱歉，这个国家的官名都比较复杂拗口
但更复杂的是我之后的人生经历
我将垄断泉州香料海上贸易
"致产巨万，家僮数千"

当我在海运楼眺望自己庞大的船队时
我看到的，不仅是海上的风暴
还有一个王朝气数将近的预兆

南宋之后，我"奉旨降元"
凭借见风使舵的手腕
我不仅在这个动荡的时代幸存下来
而且获得了数量更为惊人的财富

我建立了一整套完整的市舶则法
并且使之行之有效
作为一名资深的土生番客，我深知海上守护神
对于海商们的意义
于是我奏请朝廷制封了妈祖
可以说，泉州30年
我与这个东方大港相互成就了一段传奇

待礼巷、讲武巷、灶仔巷、东鲁巷
如今你信步行走的泉州的街巷
正是当年我们的
客厅、书房、仓库和花园
极盛时期，泉州城南一带都是我的家产

正所谓没有不散的筵席
在经历了鲜花着锦、烈火烹油的极盛之后，
我的家族也不可避免地走向衰落
如今，只有泉州城内那些大大小小的地名
隐藏着当年的盛景

我的后裔们经历过灭族的惨剧
幸存下来的，都已隐姓埋名
据说还有居住在泉州城内的，依靠开设香铺谋生
只有海印寺内的海云楼遗址
见证着潮涨汐退的世事浮沉

那从海上获得的，终将归还于海
所有的波诡云谲，都将收归于
泉州城内，一条偏僻小巷内的香铺
一缕线香安静的燃烧

注：蒲寿庚，宋末元初定居泉州的阿拉伯籍海商。生卒年不

详。其祖上自阿拉伯来华贸易，始居广州，后徙居泉州，此后其家族经营海上贸易为业。任泉州市舶司三十年，公元 1276 年，元军攻占南宋都城临安（今杭州），蒲寿庚投降元朝，至元十五年（1278 年），任福建行省左丞。

辛巴达

我体会到的一切都在平行世界共存

一个我在这里出生，另一个我在那边死去

或者刚好相反

我封存的水路，将在另一边打开

我的沉船，我遗失的珍宝，在另一片海域出水

我的亲人，在另一个世界重新展开生活

据说有一个和我相似的人

曾经做过和我类似的事，但我对此一无所知

这也许就是我重筏远洋的理由

我不知道什么是真实

我本身就是一个虚拟的人物，我在纸上出生，又从纸上出发

但是我出发的港口

却是真实存在的

我经历过的水路、岛屿码头、国度都曾真实存在

而另一些人他们曾是真实的生命体

但他们从未真正生活过他们用虚拟的想象

到过很多地方

同样的岛屿、码头、国度在时光里变换了面孔

包括他们自己

后来都化作了水中的泡沫

没有人知道他们去了哪里

生前经历过什么

而留在纸上的将永远留存下去

后来的人将会更多地记住我的名字

我经历过的虚拟的岛屿、码头、国度

并从中汲取力量来开启

崭新的旅程

注：辛巴达，阿拉伯神话故事集《一千零一夜》中《航海家辛巴达》里的主要人物。波斯的原始王子，必须完成七项任务，以拯救世界免于灾难。

利玛窦

秉承上帝的旨意，一个虔诚的天主教徒
立志让福音照拂到一个东方大国

为了进入王朝的中心
他最大限度地动用了上帝赋予他的天赋
用4个月学会了汉话
又用数年时间，通晓了四书五经

然后，他穿上儒袍，开始和那些本土旳硕儒耆宿
谈论儒学
您瞧，"唯一真神"和"天人合一"
其实并不相悖
为了传教他苦心孤诣
把圣经的教义和中国人伦理观念巧妙融合

为了改变中国人根深蒂固的观念
他绘制《坤舆万国全图》

又用大量时间，翻译了《几何原本》

让一缕自然的光亮

撬开了这个文以载道的国度

坚硬的外壳

可惜天不假年，这个天才，在尚未完成使命时

死在了自己的任期上

利玛窦，因为对中国人的深厚情谊

成为数百年来，第一个被允许葬在京畿的番人

这个上帝的子民，意大利人的儿子，中国人的朋友

也许并不知道

他对这个古老国度最大的贡献

并非宗教

而是一本未完成的薄薄的《几何原理》

注：利玛窦（1552—1610 年），字西泰，意大利人。天主教耶稣会传教士、学者 1582 年（明万历十年）被派往中国传教，直至 1610 年在北京逝世，在华传教 28 年，是天主教在中国传教的最早传教士之一。利玛窦与徐光启等人合译的欧几里得《几何原本》（前六卷），极大地影响了中国原有的数学学习和研究的习惯，改变了中国数学发展的方向，是中国数学史上的一件大事。几何学方面，还与徐光启、李之藻等共同翻译了《同文算指》、《测量法义》、《圆容较义》等。利玛窦制作的世界地图《坤舆万国全图》是中国历史上第一张世界地图，先后被十二次刻印。

姆瓦拉卡·沙里夫

十一月初开的非洲茉莉，一幅罗盘上抖动的指针

指向的恒定的方向

幻化成了一个非洲女孩眼神中的渴望

应该如何将你呼唤？

我的早已成为涛音的母语

我的早已成为陌生国度的遥远故土

我，姆瓦拉卡·沙里夫，一个有着典型非洲姓名的女孩

一名郑和船队中国水手的后裔

六百年的海风，早已染黑了我的皮肤

六百年的涛声却把一个信念

沉船一样牢牢地埋在了我身体海底的深处

如同一波一波上涌的海浪永不放弃翻阅沙滩的书卷

六百年后，我一个字一个字地积攒着遗失的汉语

在浩如烟海的资料中，一个词一个词地

寻找当年秘密的航线
最终，当我鼓起勇气
让一份长信像先祖的船帆一样驶入中国使馆

奇迹发生了：阻隔了六百年的乡愁，终于被接通
我，姆瓦拉卡·沙里夫
代表我的先祖，回到了他们的故乡
亲切而又陌生的国度

在这里，我用7年时间学会了一门古老的医术
在这里，我拥有了一个中国名字：夏瑞馥
但我知道，我的使命不在这里
我将返回我的国度
我将用银针和汤药去修复一条航线——
去打通堵塞在其中的沉疴和泥沙

在我和我现在的族人的血脉深处
在我和曾经的祖先以及我的故国之间

注：姆瓦拉卡·沙里夫，肯尼亚拉姆群岛帕泰岛上加村居民，据说该村村民为郑和下西洋因沉船滞留的水手后裔。2004年，肯尼亚女孩姆瓦拉卡·沙里夫写了一封信，寄给了中国驻肯尼亚大使馆大使郭崇立，表示想要替祖先，回到遥远的中国看一看。郭崇立给她申请了公费留学的名额，资助她来中国求学。在中国，姆瓦拉卡·沙里夫花了7年艰苦的时间学习，终于从南京中医药大学毕业。毕业后返回肯尼亚，更名为郑华，一边行医，一边传承中肯友谊。

致敬

致敬，海边礁石和神秘洞穴内简单的岩画
需要依靠火把才能照见的
文明原初的光亮

致敬，手持原始工具的渔猎者
致敬，第一艘独木舟、第一支木桨的始作俑者
第一枚鱼钩和第一束简陋渔网的制造者

致敬，驾着木舟和船帆往来于大陆海岸和沿海岛屿
之间的物质交换者
致敬，向着未知海域迈出最初一步的探险者

致敬，牵星术和罗盘的发明者
致敬，远古海洋神话的讲述者
最早仰望海底星空的人

致敬，埋骨海底和荒岛的孤独灵魂

迄今生活在荒远海岛上的土著
你们，仍在替我们共同的祖先练习生存

致敬，把番薯、土豆、玉米、辣椒、烟草
带到全世界的人
致敬，遥远大陆、港口、渔村的异域造访者

你们没有任何人留下名字
世界却因为你们每一次的探寻更加敞开

幽暗海面，因为每一朵渔火和灯塔的闪烁而点亮
世界因为每一次蝶翅的煽动而改变

致敬，水中的长眠者
致敬，我们头顶隐约闪现却又无法触摸的星辰

第六辑
风物篇

灯塔博物馆

需要积聚多少光芒，才不至迷失于
自身的雾霾

需要吞吃多少暗夜里的黑，才会成为遥远海面上
一个人眼中的
一星光亮？

我曾仔细观察过它的成分：一种特殊的燃料
混合着热爱、绝望和漫长的煎熬
终于，在又一个黎明到来之前
燃烧殆尽

之后，是更加漫长的寂寞
它是光燃烧后的灰烬
作为自身的
遗址和废墟

现在，它是灯塔

灯塔本身是握在上帝（大海）手中废弃的手电筒

被雨水用旧的信仰

茶叶博物馆

其实，只要一只青瓷盖碗或者
一只紫砂陶壶就够了
无论红茶绿茶，还是乌龙普洱
核心的关键词
都只是同一个：煎熬

最好的，来自春风唤醒的
最嫩的芽尖：雀舌、旗枪、鹰爪
从来佳茗似佳人
这是不是说，一只紫砂壶内浸泡的
就是一位受难的少女

壶内的人在煎熬
壶外的人，在清谈、阔论，把壶内的沸腾
听成了满山的松涛
把一缕春天的芳魂
听成深秋的气象

世事大抵如此：
熄灭的炉火，凉掉的茶

这是个简单的比喻，但可以继续延伸
一片神奇的东方树叶，暗含着更多
古老的辩证法

它是生活的，也是宗教的
是茶禅一味，也是澡雪精神
灵魂的香气需要干枯的肉体为代价
而重新唤醒它的
同样是又一次的煎熬

沸腾之后，同样会有人，嗅着香气慢啜细饮
直到炉火熄灭，人走茶凉
直到杯底露出残山剩水

我说的也许是一个女子的香消玉殒
我说的，也许是一个王朝的荣枯兴衰

瓷器博物馆

想象一场数千年前的窑火
想象窑工结实的胸肌和被炉火映红的脸庞

石英，绢云母，长石，高岭土
想象它们神秘的配方
想象一场泥土与火的恋爱、生殖

想象雨过天青云破处的
那一抹神秘的釉色
一个东方民族精神内质的闪耀

想象这青铜的远亲，诗歌和茶叶的近邻
想象只有少量银器和木器的欧洲
怎样被盛到一只光洁的磁盘里

想象一艘宋朝的商船，一场风暴，海难和沉船
想象海面的封条，封条下

被时光埋藏的珍宝
想象它浮出水面时散发的光彩

想象一个美人怎样被
一口古井一样的梅瓶
装下了一生的秘密和尖叫

想象一个羸弱、挑剔的君王
他的金瓯一样完整瓷器一样易碎的江山
想象那些被淹没在时间和荒草中的窑口

劫后余生现在，请抛开想象
在一个异域国度的瓷器博物馆里，仔细聆听
午夜的开片声里
传来的微弱的声响：
中国瓷器，小心轻放，请勿倒置！

邮局博物馆

对它的叙述应该上溯到古代的驿站
狼烟、鲤鱼、鸿雁。一只脚上绑着竹管的鸽子
都曾充当时间的邮差
一匹快马,跨越了三千年的风声

尺素、简札、书牍
它们带来了慢
也带来了一生的好时光

换在世界另一端
它曾经是好望角下,压住一封羊皮纸卷的石头
它给绝望的水手,带来最后的福音

接下来提到的人是一名伦敦的中学校长
罗兰·希尔
黑便士带来了廉价和便利

但事情总有两面：它也使承诺变得容易
使等待因缺少煎熬而减轻了
自身的分量

"快"和"易""毁了它
并非世道不古

当一切重新回到上海松江朱家角那座破旧的
大清邮政局门口
一个油漆斑驳的绿皮邮筒
仿佛失去火焰的烽燧

一枚落日咔嚓一声，充当了最后一枚邮戳

船模博物馆

他的胸腔里藏着一小片汪洋

一个缩微了的大海

依然有着比实际海洋更为广阔的疆域

他用废弃的船木，造了一艘又一艘船模

从绿眉毛到机帆船，再到渔轮、战舰、商船

白天他耐心地给它们安置好龙骨，桅杆和帆

夜晚他驾驶着它们远涉重洋

从泉州到印度

从宁波到遥远的东非海岸

最隐秘的航线，驶向一个不为人知的港湾

那是真实的当他

从夜半或清晨醒来，额头还留着触礁的痕迹

来自海上的风暴与挣扎

注：绿眉毛，一种风力帆船。

胡椒简史

小如绿豆的颗粒。它的滚动

曾推动简陋的船帆，让中世纪的人们

更快地认识到了自己生活的空间：

一粒巨大的花椒状的星球

从南亚、东南亚的热带丛林

到中世纪欧洲上流社会的餐桌

从寂寂无名到价值连城

这小小的颗粒，它的出现

让贵族们餐盘不再味同嚼蜡

一粒神奇的颗粒

在众多相关的描述中，它已经脱离了本体

成为一种比喻，成为昂贵的代名词

是的，贵如胡椒！

一粒小小的颗粒

成为向外扩张，成为战争的原因和目的

成为漫长的海丝路上帆影出没的另一种理由

可以毫不夸张地说

一粒胡椒，微型的星球，推动了世界航海史的进程

这细小、圆形、微麻的颗粒

散发的香气，也放大了人性的贪婪和情欲

它引发的海啸，打湿过中古的世界船舷

当世界再次平静下来

一粒胡椒，回归于一种藤本植物的本质

回归于餐桌上简单的调味剂

文明也从战火尸骨和船骸中上岸

重新回到了西装革履的优雅包装

右手拿刀，左手拿叉

来，让我们坐下来

仔细品尝一款黑椒牛排的滋味

顺便抹去曾经沾满嘴角的血腥

茶：人民的国王

公元 851 年，一位游历过东方的阿拉伯人
在他的见闻录里这样描述一种干草叶子：
"比苜蓿叶子略香，稍有苦味
中国人用开水来冲泡，能治百病"

很快，这种甘草叶子随着他的描述开始扩散
一片神奇的东方树叶
开始接替一根丝线开辟的航道
开始了它波澜壮阔的旅程

若干世纪以后，满脸络腮胡子的欧洲人
都以品饮这种神奇的饮料为时尚
沸腾的茶汤冲刷着中世纪以来欧洲
幽暗的胃壁
氤氲的香气里
缭绕着他们对一个东方古国所有的想象

那里，岩骨花香
被一盏青花瓷托起的国度
弥散着月光和丝绸的光芒
而波峰浪谷之间的颠簸
野蛮攫取过程中茶农的血汗，沦为焦土的茶园
似乎都可以忽略不计

"腥肉之食，非茶不消"
而时间是一盏最浓酽的茶汤，消弭了所有的血腥
让若干年后的文明
重新归于一盏青花瓷内波澜不惊的啜饮

占城稻

我从一则不起眼的记载里看到了它

公元 1021 年，一场春旱让江淮两浙的粮仓

出现了严重的亏空

一粒来自占城的稻种引起了皇帝的重视

并亲自充当了它的推广大使

不择地而生，自种至收仅五十余日

一粒来自异域的种子，似乎比本国的草木

更加熟悉泥土的秉性

"厥土沃壤，田中畛域，视力所及而耕种之"

它穗长而无芒，仅靠顶端的凸起

轻易就刺中了帝国的穴道

让一个拥有众多子民的古老国度

避免了一场可能的饥馑

不仅如此

由于它"性早莳早熟耐旱，宜于高仰之田"

避开了时间和水土之争

与江南的晚稻完美地合成为双季稻

极大地提高了粮食产量

"吴国晚蚕初断叶，占城早稻欲移秧"

毫不夸张地说，正是这粒来自占城的稻种

改变了舌尖上的中国

继而改变了它的人口基数和民族进程

如今，从一堆北宋年间出土的器物里

我再次凝视它微小的模样

混合在众多的珍宝和香料之间

它其貌不扬，但仍旧闪耀着

钻石也无可替代的光芒

番薯简史

拧在缆绳中，混合着众多的海草

一截不起眼的根茎，被一个福建商人

冒着生命危险带回了他的故国

很快，这截来自南美大陆的藤蔓

一小截海上丝绸之路

开始在中国南方辽阔的沙畦和地垄上蔓延

瘠薄的土壤，忽然像怀孕的妇女丰满地隆起

一个民族干瘪了数个世纪的肚皮

有了踏实的饱腹感

藤蔓蔓延，肿胀的地下根茎

让吃饱肚皮的中国人，生出了更多的灵感

他们亲切地将这个外来物种称之为地瓜

仿佛祖父昵称孙儿，仿佛老娘舅

夸赞自己的外甥

一个善于知足常乐的民族，用这块不起眼的根茎

翻新出了更多的食谱

短短百年，一根碧绿、纤细的藤蔓

已经和一个东方民族的命运紧密缠绕

这种关系体现在我们日常食饮的粉丝里

也缠绕在我们的血液和命脉里

当更多的人，致力于探究这块其貌不扬的根茎

蕴藏的甘苦和更多的可能

我习惯沿着它蔓延的根茎去触摸

一条波光粼粼的水路

它不远万里，几经辗转在异国他乡开枝散叶

安居乐业继而硕果累累的缘由

顺藤摸瓜

终于我摸到了它隆起土堆下隐藏的一个真正的大瓜：

一条"民以食为天"的真理

注：番薯最早种植于美洲中部墨西哥、哥伦比亚一带，约在明朝后期的万历年间，分3条路线进入中国——云南、广东、福建。一般普遍认为，番薯的在明代时期引入中国，中国引进番薯第一人是广东东莞虎门人陈益。1582年，从安南带回国。但扩散速度不如福建长乐人陈振龙同其子陈经纶。1593年陈振龙经过精心谋划，"取薯藤绞入汲水绳中"，并在绳面涂抹污泥，于1593年初夏，巧妙躲过殖民者关卡的检查回到福建厦门，随即广为传种。陈氏引进番薯之事，明人徐光启《农政全书》、谈迁《枣林杂俎》等均有论及。因此一般将陈正龙视为中国番薯入境贡献最大者。番薯传入中国后，即显示出其适应力强，无地不宜的优良特性，产量之高，"一亩数十石，胜种谷二十倍"。加之"润泽可食，或煮或磨成粉，生食如葛，熟食如蜜，味似芋荸"，

故能很快向内地传播。陈振龙的五世孙陈川桂，在康熙初年把番薯引种到浙江，他的儿子陈世元带着几位晚辈远赴河南、河北、山东等地广泛宣传，劝种番薯。据记述，陈世元在山东胶州古镇传授种植番薯的时候，亲自整地育秧，剪蔓扦插，到秋天收获，得薯尤多，于是一传十、十传百，竞相种植。番薯在华北地区便很快推广开来。清乾隆时期，不少地方都是由官方提倡栽种。在直隶、更由皇上"敕直省广劝栽植"。由于朝野上下积极推广，番薯很快在全国广为传种，并成为中国仅次于稻米、麦子和玉米的第四大粮食作物。

土豆博物馆

把它建在原产地

遥远的安第斯山脉的皱褶中？

不，它的身世已经成谜

这昔日丰收之神的赐予

永远留在印第安人遗失的记忆里

把它建在欧洲？不，长期以来

这种看上去有些土气的块茎，很难进入欧洲人的食谱

那些高贵人种的餐盘里

永远盛着渗出血丝的牛肉

那么把它建在爱尔兰岛上吧

寒荒之地，它曾是唯一可以养人的作物

但它本身致命的瘟疫

一度使爱尔兰人濒临灭绝

还是把它建在如今它安居乐业的国度吧

这是注定的相遇

一个多灾多难的民族，一个从不挑剔地气苦寒的植物

有了多么幸运的相逢：

薯仔、山药蛋、洋芋、荷兰薯、土豆

单看它在这个国度拥有的小名

就知道这里的人对它的宠爱

无需高屋建瓴

只需一抔泥土抟成的土堆

就让它继续在贫瘠、寒荒的土壤里生长

它只适合在黑暗的地底，忍耐、吸收

长成可以养人的东西

请帮它拒绝那些光线的诱惑

那些，只能让它长出多余的叶芽并且蓄满毒素

漂木

成为漂木之前，它应该是一棵树

有其根本和繁茂的枝叶

后来，它被镶嵌进一艘船

成为它的一部分，它在海上漂移

遵从于一艘船的意志和方向

再后来，这艘船因溃败于时间和波浪而被拆解

它成了一根漂木

沉浮于波峰和浪谷之间

自由了吗？当然没有

它依旧屈从于洋流的驱使和海浪的噬咬

逐渐朽腐的躯干里，长满了孔洞

它不再执着于对岸上某一片森林的渴念

或者回到一艘船上缺失的部分

它甚至确认并喜欢上了目前的状态

仿佛，这才是它颠沛半生最终确认的身份——

千疮百孔的身体，成为另一些微小生物的家园

而因礁岩碰撞和海浪噬咬形成的

某种类似命运、星象的纹路

已经成为众多艺术家追逐的目标

漂流瓶

我是轻的、透明的

也是普通的

因为我就是一只塑料瓶子

当然你可以认为我是一艘微型船舶，因为我在海上漂流

你也可以认为我是一座教堂

世界上最小的庙宇

因为我同样收留了一个愿望

为了保护这个愿望，为了不让它沉下去

我减掉了声名、多余的肉身，和全部的生活

仅仅靠一个愿望活着

或者说我只是一个愿望

我不会告诉你，仅仅凭借一个愿望

这些年，我独自穿过了茫茫暗夜，独自穿过了好望角和百

慕大

……

现在，你看到了请你

打开我吧

风门口

十年前我曾到过这里写下一只蝴蝶的跨海飞行

那时我曾以为所有的诗意都在远方

我以为风

总是从很远的地方吹来

然而生活如同眼前这块

沉寂的礁石

带给我无声的训诫。在它底下的一道隐秘的岩缝里

寄居蟹在潮间带之间辗转

它的远方，不过是一米开外的

另一块礁石

它苦苦寻求的安身立命之所，不过是一只稍微大些的螺壳

十年了，风吹塔白风继续吹着时光弯曲的背影

而这些年

我唯一学会的事情，就是俯下身来

聆听一只死去的螺壳里的风声

那是来自大海的低音

另一场风暴的源头

从前，我把它作为走向远方的号音

现在，我相信

它蜷曲的螺纹顶端，藏着创世之初和世界尽头的秘密

海岛气象台

它更像一个占卜师或预言家
它伸向夜空的瘦长的铁塔仿佛是盗火者的手臂
泄露了天堂的秘密

它比我们更早地感知了风暴、冷和世事的寒凉
当然，在阴霾的日子里
是它首先看到了远处阳光细小的脚尖
它的胸腔里别有一枚
头发丝一样细长、敏感的针，测量着海水和人心的温差

它破旧的口袋里收留了多少过期的乌云、闪电和冰雹
它铁质、空洞的躯体里藏有怎样的一颗宽大、悲悯的心

它的针是怎样戳着它痛苦的心

在东门岛的顶端
在铁的反面
如今，那里布满了时间和它自身的锈迹

渔业博物馆

在冬天，模仿礁石的生活
把冷穿在身外
留出中间的部分，让鱼群和光线穿过冬眠的身体

在冬天，把渔网竖在空中，任凭风
一遍又一遍穿过它
而雁阵，像又一列鱼群、划过虚无的列车

在冬天，波浪静止、凝固
藤壶在稀薄的阳光下紧闭火山状的硬壳

哦，在冬天
你胸腔中的深海，眼神里的风暴以及
嘴唇边，搁浅的船

都消失了
被寒冷击打的汉字，像一排风干的鱼排
镶嵌在人世，这片更大的汪洋里

海盐博物馆

首先需要以阳光的名义，让海水和晒盐人
经历双重的煎熬

纳潮、制卤、测卤、结晶
直到捞盐归坨
终于多余的水分消失了，晒盐人
交出了皮肤里的黑
而大海
析出了它白色的骨头

无需青花和白瓷
陶罐、卤缸以及任何一种寻常器具
都是盛殓大海舍利的佛塔
由此，人间有一种至味被称为清欢
有一种日子被叫做清白

现在，海水平静曾经的沸腾冷却了

那些结晶的事物

已经成为我们身体的一部分：

眼眶中的咸，骨骼中的釉色以及血液中的黏度

万里归乡一叶舟
——长篇茶文化小说《故香》读札

"来，请喝茶——"从加尔各答驶往

阿萨姆的蒸汽渡轮上

英国人托尼端起一只描金茶杯

渡轮外，一家名叫东印度的公司在烟波中变幻着国籍

"来，请喝茶——"阿萨姆种植园

简陋的茶馆里

伙计王子衿，用粗陋的泥陶碗沏出了一杯清茶

茶馆外，更多的中国雇工在异国茶园里忙碌

"来，请喝茶——"

通往西坪的山间茶寮

从海外归来的茶人用紫砂壶冲泡了一壶铁观音

灯光下，光洁的脸庞如德化瓷一样沉静

几个世纪之后

年轻的茶场传人林筱聆
用印度的风、英国的雨
和安溪的云冲泡了一部名叫《故香》的茶

吹去杯口的浮沫
茶香氤氲间，是一条蜿蜒数万里的回归水路
一叶轻舟
载着浩渺印度洋也无法浮动的乡愁
安静地泊在了杯底

黑石号

公元九世纪上半叶，一艘阿拉伯商船
出现在印尼的一座岛屿附近
船上满载来自东方的货物

商船的主人是谁？要驶往哪里？
为什么会装满
来自中国皇家大盈库的货物？

一千年后的某一天，当我隔着屏幕，
打量着这艘最终停泊在一个陌生国度的
结构奇特的商船，头脑里依旧充满了上述疑问

橱窗内，一只长沙窑的瓷碗
确凿无疑地宣告着它的身世
而一只长柄高足壶，又带来了混血的谜团：
它有着明显的西亚风格的壶身，却与一件
中国形制的白釉绿彩龙头形壶盖严丝合缝

让人吃惊的不仅是三只来自唐代的青花瓷器

一只硕大的八棱胡人伎乐金杯

泄露了不明身份的主人财富的秘密

一面江心镜，照见了海浪和惊涛：

一个辉煌帝国沉没之前的晚景

公元 2020 年 9 月，一次名为宝历风物的展览中

一艘沉没许久的商船

再次浮出水面

仿佛一个隐喻：世界也许就是一只敞口大壶

一直在等待它来自异域的壶盖

仿佛一个更大的隐喻：满世界流浪的孤儿

在经历一千年的等待之后

以某一种特殊的方式再次回到了故土

注：1998 年德国打捞公司在印尼勿里洞岛海域附近发现了一艘唐朝时期的沉船，因为沉船附近有一块黑色大礁岩，所以命名为黑石号。根据船上出水的长沙窑瓷碗上带有的唐代宝历二年（826 年）铭文，结合其他器物考证，沉船的年代被确认为 9 世纪上半叶。该船只的结构为阿拉伯的缝合商船，装载着经由东南亚运往西亚、北非的中国货物，仅中国瓷器就达到 67000 多件。

出水的文物包括长沙窑、越窑、邢窑、巩县窑瓷器，还包括金银器和铜镜；其中3件完好无损的唐代青花瓷盘尤为引人注目，是迄今发现的中国最早、最完整的青花瓷。除此之外，沉船上还发现明显带有西亚风格的器物，如一只长柄高足壶，配以中国烧制的白釉绿彩龙头型壶盖。这些文物证明，早在唐代已经和西亚有了频繁的海上贸易往来。黑石号打捞文物开价4000万美金，并提出宝藏必须整体购买，另外根据合约，探海公司拍卖宝藏所得必须与印尼政府分享，分配方案未达成一致，使宝藏未被推出拍卖。后新加坡"圣淘沙"机构先购买了被打捞文物的数年展览权，随后筹资购得这批贵重文物，最终被打捞文物于2005年分批完整落户狮城（新加坡的别称）。2020年9月15日，"宝历风物：黑石号沉船出水珍品"在上海博物馆开展，这是这一批唐代文物第一次回归故土。

第七辑
经行篇

下西洋（长诗）

一

我又一次看见了它
在我童年的窗外，在我暮年
仍旧需要依靠想象
才能抵达的地方

当我以为它在天际，它却出现在水中
当我抵达海平线外的那片神秘水域
它却又高高挂在天际
像一块蓝宝石，发出神秘、诱人的光

追着它，我穷尽了一生
我身后的庞大船队，几乎耗尽了帝国的财力

二

从童年起，我就时常做到一个奇怪的梦

梦里总有一片神秘的水域，传来哗哗的水声
惊醒之后，眼前就会出现一片蓝光

有很多次我以为仍旧是梦
但不是
那道蓝光分明就在窗外
然而当我走出家门，那道光
又似乎来自我居住的南山之后
等我爬到山顶，发现它仍旧在前面
辽远而又切近

父亲说，我们就来自那片神秘之光诞生的地方
一片蔚蓝水域，一道看不见的
陌生的航线连接着它
我们的祖先，早已悄悄把它埋进我的身体
我相信他说的也是真的
在我撸起袖子后，隐约能看到皮肤下
一条纤细的，若有若无的蓝色潜流

三

感谢我佚名的父亲马哈只
因他优秀的基因
成年后我拥有了同样魁伟的身材
尽管身为内官，但长期的军旅生涯

成就了我果敢、坚毅的性格

因为郑村坝战役中显露的才能，我获得了君王的信任

并被赐姓为郑

于是就有了你们后来熟知的郑和

一个自内而外，专为航海而生的人就此出现

四

永乐三年七月十一，是我值得用一生来纪念的日子

是年春夏，大学士李志刚已经为父亲的墓碑撰好铭文

而我业已无所挂碍

一月之后的一个清晨

我们的船队从太仓的一条内河悄然入海

"所有伟大的征程，都有一个微不足道的开始"

这句将由后世之人说出的话

我将用帝国的舰队写在水上

五

最初的旅程相对顺利，我们沿海岸而下

由五虎门至占城，很快就抵达了传说中的爪哇

但不久就遭遇了麻烦

在爪哇岛，开舱鬻货的水手毫无防备

就被当做东王的援军击杀

我失去了 170 名远洋的手足

但为了更大的目标，我选择了和平处理

而170多位勇士的英魂，永远留在了异国的水域

当我安抚好将士们的情绪，海水也逐渐平静下来

一个赤足的异族女孩，吹响了一只螺号

海面上的雾慢慢散去，只有忧伤还在四处弥漫

黄昏到来，一缕蓝光收拢于女孩

清澈的眼角，一场风暴也收拢于螺号

弯曲的内部

那一刻，仿佛所有的愿望都回到了它的源头

所有的沉船都在水底获得了安眠

六

接下来的航程我们的船队继续向前

依靠罗盘和古老的牵星术

我们依次抵达了苏门答腊、满剌加、锡兰和古里

在古里，根据预定的计划，我奉命向他们的国王

赏赐了诰命银印，并且建亭立碑

当刻着"民物咸若，熙嘷同风"字样的石碑

在古里的海岸上高高竖起

像一枚楔子，镶嵌在异国的海天之间

我知道，此行的部分目的已经达成

据说，当一个世纪之后的

麦哲伦登上海岸，这块碑文还在

只是我当时并不知道，这块碑
也将充当我将来逝于此地时的墓碑

七

室利佛逝国是我航海生涯里最值得提及的地方
当我们的船队抵达，海天茫茫
陌生的岸线如遥远年代的幻觉
但我知道，有很多人已经先于我们到达
有更多人已先于我们离开
漫长的水道中，走过了探险者、旅行家、取经人
商人和和亲的队伍，
走过浩荡的大型船队，也走过
孤筏远洋的勇士
港湾内的桅樯
有时密集，有时空疏
波斯人、阿拉伯人、印度人、马来人
去了又来，来了又回
这是探寻之路，也是回归之路
我们将在最远的地方抵达故乡
也将在最远的终点，回到起点

八

巨港是室利佛逝最大的港口

不同于在爪哇的息事宁人

在这里，我生擒了为患多年的大盗陈祖义

并且奏请朝廷分封当地侨领为宣慰使

自此以后，这块命运多舛的港湾

迎来了很长一段时期的安宁

大明王朝，多了一块海外的飞地

日后，将有更多的船帆，借助这一块跳板

驶向更远的洋地

九

来说说满剌加吧，就是日后你们熟悉的马六甲

这是我下西洋的必经之地

但最早并非一个国家

五座岛屿组成的狭长水道

世界的咽喉，东西洋的界限

它的位置的重要性，将在后世更加显现

来自占城、暹罗、古里以及天方各国的商船自由穿梭

来自中国的丝绸、陶瓷，图格鲁克的织物，吕宋的蔗糖

以及马来群岛的香料、珍宝堆满了码头

空气中弥漫着丁香的气味也散发着海盗的气息

我目睹了它的繁忙和动荡

但并未动用武力征服

我的剑只能为和平而亮

望着不同国度的船来回穿梭

我忽然意识到，世上所有的水道

其实都是同一条

狭长的海港仿佛一道窄门，它尽头的光

吸引着世界两端的人们

当我这样描述，许多年又过去了

将来会有更多的船，更多的人经过这片水域

世界之门一再打开

十

是什么构成了一个王朝远洋的动力？

探宝说、抚远说、宣威说、寻访流散海外的

建文帝说，种种猜测不一而足

而我知道，除此以外，我还肩负着

无法说出的更为重大的使命

感谢命运的安排，它和我早年的愿望

居然奇妙地重合

时常我能感到祖先安放的那片暗蓝水域

在血管里的涨潮

它遥远的呼唤，时而低沉，时而高亢

时而舒缓时而急切

这些年，追着童年梦境中那片蔚蓝
我到过了更远的海洋
追着梦境中那片蔚蓝，我几乎穷尽了一生
也几乎耗尽了大明王朝的财力

十一

很多人在追问，我究竟有没有到过麦加
事实上，我的确有很多次机会

有好几次，我们的船队驻节红海沿岸
以及波斯湾的忽鲁谟斯
黄昏时刻，当我伫立甲板
眼前的湛蓝，在夕光下变幻着
更加深沉的颜色，一种致命的诱惑

如果我愿意，我可以驶向波斯湾
那里有天方国，我魂牵梦萦的地方
但我不能。我的身份和职责并不允许
我只能克制胸口急剧翻涌的潮汐
慢慢转过身去

忽鲁谟斯海峡的水面，艰难地吞咽着落日
我慢慢闭上眼睛，如鲠在喉
慢慢地，光线消隐

海面上只剩下纯净的蓝色

那是一种绝望的蓝，心碎的蓝
包含着深深的孤独与遗忘

十二

港湾、渔寮、灯塔、陌生国度
漫长的海岸线，我们曾无数次经过并抵达
我们在沿途的岛屿补给淡水，食物
修复磕碰的船体
那些一层一层沉积的水痕，让人联想到
水手们日渐苍老的额头
那里有礁石碰撞的伤疤，有风浪的咬痕
也有神秘的水道和海图
有轻微的风从远处吹来
带着更远处的人声、俚语和香料的气味
海面空茫，头顶
密布凛冽、神秘的星辰
那一抹蔚蓝，又隐藏在了更深的地方

十三

当我们以及后来的船队到达沿途的每一个国度
每一个码头，每一个港口
去探访当地的居民

通事官费信和马欢告诉我，那些岛上的居民
也在试图探访我们
渴望了解他们未知的远方

事实上不用翻译，我就能从他们的眼中
读出那份渴望
每一个码头、港口，不同肤色、国度的人们
眼神中的光芒都是一样的

我们其实都在追寻同一种东西
它也许不被我们抵达
却永远在闪耀

当后来的船，哥德堡号、麦哲伦号、哥伦布号
抵达更远的水域

当更后来的船只
穷尽大洋，穷尽海底
那一抹蓝光从不被完整地探知，它依然在蔚蓝天宇孤独闪耀

十四

我应该再次说说那道神秘的光
我曾在不同场合，窥见过它的光晕

第一次，是在童年时期，故乡云南昆阳

在滇池南岸

我曾目睹一颗混合着众多的光斑

将升未升的朝阳，把滇池染成了靛蓝

仿佛一颗巨大的蓝色宝石，在暗中转动着它的不同侧面

第二次是在忽鲁谟斯海峡的入口，眺望想象中的麦加

落日用它的反光，把大海涂抹成深黛

一种想象中的诵经声，自波斯湾上游而来

那是一种更深的蓝，穿透了海面也穿透了我的肺腑

第三次，是在我曾抵达的最远之处，在蒙巴萨

我看到一个非洲女孩的眼睛，闪现出海水般的湛蓝

那是一种我从未见到过的蓝，混合着多个种族的水色

却又有着近乎纯净的质地

我忽然觉得，那就是我童年时期看到的蓝

我多年航海生涯苦苦追寻的蓝

最后一次

是在我的弥留之际

我似乎看到，自己置身于大海之上

一种奇异的蓝，从我的身体里弥漫出来

承载包裹着我，漂向渺远的海天之际

最终，与万物混为一体

十五

28 年，鲸波接天，浩浩无边的海上生涯

我目睹了太多了的樯倾楫摧

也见到更多的人前赴后继沐光而行

透过薄薄的烟雾

我看到踏浪归来的法显法相庄严

笃志西行的义净面容沉静

还有孤身远洋的汪大渊，面含忧戚的阔阔真公主

我也看到那些从更遥远的国度涉海而来的

马可·波罗、伊本·白图泰

他们有着不同的肤色，不同的信仰

但是他们度过了同一片大海

他们眼神中有着同一片蔚蓝

只有大海把他们连接在一起

是的，我相信，只有大海是所有信仰和宗教的起源

以及最终的归宿

十六

时至今日

那一片神秘的蔚蓝，仍旧在远方

闪耀着蓝宝石般的光斑

我相信这是每个人童年都看到过的景象

是一个国家的童年

或者是一个处于童年时期的国家

人类的童年都渴望看到的景象

它诱人、神秘的光芒

吸引着一代又一代人，向着未知的水域进发

我相信更晚时代的人们，会驾驶更先进的舰船

代替我们向更深处的水域探测

这是怎样的一条路？

一路厄流险滩，一路筚路蓝缕

起初，那是一条好奇之路、探索之路、孤独之路

那曾是战争、掠夺和侵略之路

也是后来的黄金之路、白银之路、黑金之路

它也许也是冷战之路、霸权之路、妥协之路

但更是交流之路、友谊之路、信仰之路、和睦之路、

变革之路、融合之路和重生之路

永远在路上

我相信，这就是我们的宿命

十七

时间终于来到了公元 1433 年夏季

在我魂萦海外数月之后

历尽艰辛的船队终于在老友王景弘的带领下回到故国

但迎接他们的不是美酒盛宴

而是一道冰冷的诏书：

"下西洋诸番国宝船悉令停止"

"各处修造下番国海船悉令停止"

一道冲天的火光，将浩荡的船队付之一炬

包括宝船、船长、图纸、航海日志

和所有的造船航海资料

一个东方大国的征帆就此樯倾楫摧灰飞烟灭

逐渐黯淡下来的火光中，两道暗蓝的海水

从景弘紧闭的双眼中决堤而出

十八

一个时代结束了

被拆卸掉的船板，飘满了狭长的河道

残阳如血

一匹丝绸，裹住了一道狭长的伤口

巨大的宝船被拆解

焚毁凝结着几代工匠心血的图纸也被付之一炬

大火整整燃烧了一整天

煮沸的海水咕咚冒泡

冲天的火光将一抹蓝色，烧成鲜红、紫红、黑红

直到完全黑透，浓烟遮蔽了整个天宇

后来，一场大雨倾泻而下
海水冷却后，天空也恢复了钢蓝色
仿佛什么也不曾发生

十九

如你所见，这里是我最后的锚点
通向它的 28 个台阶
浓缩了我 28 年的航海生涯

牛头山并不高，远远看过去，就像是一个码头
天气好的时候
依稀还能看到遥远的江面

如你所知，这里只是安放我衣冠的地方
有关我肉身的去处，已经成为
时间里的秘密

有人从散佚的文献里，考证出了我的离世之地
是的，那是外海的一片汪洋
在遥远的古里，我第一次下西洋
到访过的地方

在那里，命运曾再次向我显示了
它蓝色、奇妙的花纹
我曾在那里树碑
而现在，那块石碑，成了我的墓志铭

对于一个在海上漂泊的人，逝于海上
是合理的
万物静默如迷
每个人，都是一座迷宫

二十

现在，我的灵魂已经融合于那一片蔚蓝之中
不要试图去探寻
因为没有人能看穿大海
我们能够做的，就是再次启程
去打开它浪花翻卷出的古老又新鲜的第一页

在往后无数个日子里，当你仰望星空
你能依稀看到粼粼波光
当你凝神谛听，你能听到些微的水声
那是七千年前羽人竞渡的桨声
那是六百年前一支古老船队船底划过的訇响
也许，那是后世的人们，用更为先进的船桨
划过广袤星云的声音

带着一粒暗蓝的星光，和整个星球的孤独

在宇宙深处穿行

2022.10.05-15

注：郑和（1371 年？—1433 年？），一说本姓马，为明成祖朱棣赐姓郑，世称"三保太监"（又作"三宝太监"），云南昆阳州（今云南省昆明市晋宁区昆阳街道）人。明朝航海家、外交家。明代永乐、宣德年间，郑和率领一支拥有两百多艘各式舰船，两万七千八百多名人员的大型船队，开启了一场海上远航活动。首次航行始于永乐三年（1405 年），末次航行结束于宣德八年（1433 年），共计七次。由于使团正使由郑和担任，且船队航行至婆罗洲以西洋面（即明代所谓"西洋"），故名郑和下西洋。在七次航行中，郑和率领船队从南京出发，在江苏太仓的刘家港集结，至福建福州长乐太平港驻泊伺风开洋，远航西太平洋和印度洋，拜访了 30 多个国家和地区，其中包括爪哇、苏门答腊、苏禄、彭亨、真腊、古里、暹罗、榜葛剌、阿丹、天方、左法尔、忽鲁谟斯、木骨都束等地，已知最远到达东非、红海。郑和下西洋是中国古代规模最大、船只和海员最多、时间最久的海上航行，也是 15 世纪末欧洲的地理大发现以前，当时世界上规模最大的一系列海上探险。由于相关史料的缺失，关于郑和船队的航海目的、航行范围、舰船规模以及对七次航行的评价，仍存在争议。

尾诗：大道蔚蓝（代跋）

很多年了

我在寻找一种蔚蓝

它曾在一小片青花瓷上闪亮

也在一匹落日铺开的丝绸上映射出它远逝的辉光

你听，它的涛声依然在一个东方大国的胸腔内经久不息

你看，它的波纹已经从一个民族苏醒的记忆里绽放美丽

一

当司晨的鸥鸟衔出东方的第一缕曙光

当浩瀚的大海再次涌动它蓝色的波浪

一股新鲜的血液已经充盈了她的躯体

一支嘹亮的渔歌就要从它躁动的体内喷薄而出

它曾在久远的独木舟上独自吟唱

在一艘三桅古船上辗转飘扬

也在大明王朝浩荡的船队间反复激荡

这古老的歌谣曾经放牧着一个东方民族对于大海

所有的想象

失血的音符历尽沧桑

二

一根丝线，穿起了欧亚大陆美丽的衣裳

一枚茶叶，散发出东方古国神秘的体香

一盏瓷器，托起了世界各地文明的辉光

那是怎样的一条丝线？它串着瘦小的驼铃和马灯

穿越了瀚海大漠和浩渺汪洋

穿越了五千年漫漫时光

那是怎样的一片树叶？像一艘微型的船

穿过了无数风浪的颠簸

打开了世界对于一个古老国度的全部想象

那里，月光溢出堤岸，丝绸滑过青铜

被一片青花瓷托载的国度，散发着茶的芬芳

啊，古老的丝路，神秘的海洋

一条蔚蓝色的道路，连着远方的远方

让我们重返海洋，去寻访丝绸的荣光
让我们重返海洋，去重铸蓝色的辉煌

三

一如当初的大海茹古涵今
这万水之上的建筑和家园
如同一部玄奥的典籍静静地摊开
鱼群，文字，风暴，沉船
屈辱的泪水以及悲怆的誓言
以怎样的方式注入一代代人蓝色的血管

几千年了，是谁用精卫填海的毅力，把沧海变成桑田
几百年了，是谁用风涛练就的果敢，把强盗赶出家园
几十年了，是谁用永不屈服的脊梁
一次次站成港湾内钢铁般林立的桅杆

是谁把大海赋予的精神
反复淬炼，树起千年不倒的信念

我看见
一双曾被网绳勒破的大手，正在驾驭通往深蓝的舰船
一双抟造过鱼形鼎的大手，正在擦亮一个大国的尊严

四

一道水中的路途，一条蔚蓝的大道

它在一个古老民族的血管中流淌

它上游的潮音，带着他们对于海洋深深的渴意

它下游的波浪，带着全世界人民的呼吸和回响

今天，一个东方大国，再次揿亮了它蓝色的按钮

今天，一艘东方巨轮，再次拉响了它远航的汽笛

它在渤海湾、杭州湾和粤港澳大湾区孕育希望

在漫长的海岸线上点燃梦想

它是天津是青岛是宁波，是一只只集装箱码成的诗行

它是福州是厦门是上海，是一艘艘万吨轮组成的乐章

从连云港到瓜达尔到科伦坡

从吉布提到比雷埃夫斯

一个个港口，就是重新点燃的一盏盏渔火

再次照亮了苍茫的海面

从博鳌亚洲论坛到中阿合作论坛到欧亚经济论坛

从设立亚投行到通关一体化

一次次行动，就是投向大海的一朵朵浪花

再次唤醒了蓝色的激情

它在互联网络上掀起巨浪，在卫星云图上闪烁光芒
和星辰大海一道正在把世界的未来照亮

五

多少年了
你的蔚蓝依然在我的眼睛里起伏
你的深邃依然在我的思想中埋藏
大海，我听到你深流下涌动的激情与梦想

多少年了
你的波涛依然在我的血管里沸腾
你的博大依然在我的灵魂中激荡
大海，我看见你蓝色皮肤后隐藏的耀眼的光芒

今天，一道尘封许久的封条终于被掀开
一条蔚蓝的大道，正在持续铺开
蓝色的波浪持续拍打着沿岸的城市和海港

我看见
一片东方树叶，已经长成巍巍大船
一盏青花瓷器，已经变成精美器皿
托举起东方智慧和现代文明交汇的中国方案

一根蓝色丝带再次穿针引线，把世界紧紧相连

它穿越了不同的水域、不同的文化、不同的宗教
它穿越了不同的肤色、不同的语言、不同的信仰

从吉隆坡到雅加达到科伦坡
从内罗毕到雅典到威尼斯
从太平洋到印度洋
从亚细亚到欧罗巴

我们把问候带到奥德修斯的海岸
把友谊传递到但丁和荷马的故乡

六

夕阳下，古老钟楼依旧搏动着沉稳的心跳
晨曦中，一条蔚蓝的大道正在向远方延伸
一部华彩乐章，即将奏响它最高的音量：
"大道之行也，天下为公……"

这是一个伟大的党
带领它的人民
在蓝色的丰碑上雕琢着民族复兴的希望

这是一个和平崛起的国度

迎着全世界的目光
在蓝色的大道中放牧着人类共同的梦想

祝福你，大海
你是如此古老却又从不老去
祝福你，中国
原你青春永驻，永远生生不息